DILYN CARADOG

Dilyn Caradog

Siân Lewis

Gwasg Carreg Gwalch

Argraffiad cyntaf: 2018

Rhif Llyfr Safonol Rhyngwladol:
978-1-84527-643-0

Cyhoeddwyd gyda chymorth Cyngor Llyfrau Cymru

Dylunio: Eleri Owen
Cynllun Clawr: Anne Cakebread

Cyhoeddwyd gan Wasg Carreg Gwalch,
12 Iard yr Orsaf, Llanrwst, Dyffryn Conwy, Cymru LL26 0EH.
Ffôn: 01492 642031
Ffacs: 01492 642502
e-bost: llyfrau@carreg-gwalch.com
lle ar y we: www.carreg-gwalch.com

Argraffwyd a chyhoeddwyd yng Nghymru

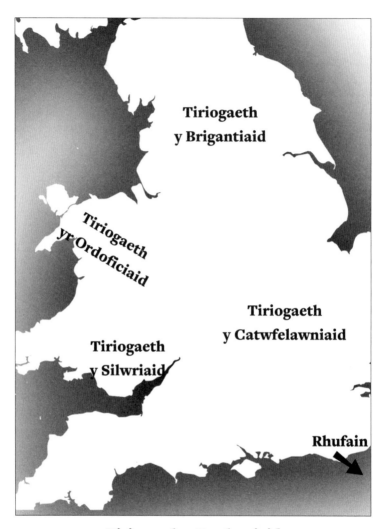

**Tiriogaeth y Brythoniaid
yng nghyfnod y Rhufeiniaid**

Cangen o lwythau Celtaidd oedd y Brythoniaid; o'r
gangen hon y tarddodd y Cymry, y Cernywiaid a'r
Llydawiaid

I hela'r eryr aur

1.

'CRAAAAA!' Bloeddiodd y corn rhyfel yn y gaer Rufeinig.

Disgleiriodd llygaid Morcant wrth weld y gatiau'n agor a milwyr y gelyn yn brasgamu i lawr y bryn. 'Rhy hwyr!' sibrydodd, a chodi'i ddwrn. Ychydig funudau'n gynt, roedd ei bobl e, y Silwriaid, dan arweiniad y brenin Caradog, wedi rhuthro drwy'r coed ac ymosod ar y rhes o geirt oedd yn cario bwyd i'r gaer. Roedden nhw wedi rhyddhau'r ychen, malu'r olwynion a rhoi'r sachau bwyd ar dân.

'Caratacws! Caratacws!' gwaeddai'r milwyr oedd yn gwarchod y ceirt wrth weld Caradog yn anelu amdanyn nhw, ei lygaid yn gwreichioni a'i gleddyf yn chwyrlïo yn ei law. Erbyn i'r Rhufeiniaid yn y gaer sylweddoli bod eu cyflenwad bwyd mewn perygl, roedd y Silwriaid wedi dianc i'r coed, gan adael y gwarchodwyr yn griddfan ar lawr.

Roedd Morcant wedi gwylio'r cyfan o'i guddfan yn y llwyni. Er ei fod yn ddeuddeg oed, roedd e'n fach o ran maint. Yn rhy fach i gymryd rhan yn yr ymosodiad ar y ceirt, meddai'r brenin Caradog. Ond doedd e ddim yn rhy fach i ddial ar y Rhufeiniaid! Roedd ganddo gynllun gwych i dorri calon y gelyn. Roedd yn mynd i ddwyn eu baner. Baner yr eryr aur.

Baner arall, ar siâp cylchoedd arian, oedd yn arwain y milwyr a'u swyddog, y canwriad, i lawr y bryn. Roedd yr eryr ei hun yn swatio yn y gaer. *Trueni mawr*, meddyliodd Morcant. *Mi fyddwn i wedi hoffi dy weld di'n crynu*. Roedd y faner arian yn crynu fel brwynen yn llaw'r banerwr, gan fod cawod chwyrn o law newydd ddisgyn, a'r mwg du, drewllyd a fyrlymai o'r ceirt yn gwneud i bawb besychu'n groch.

Roedd y canwriad ei hun yn tagu a'r plu coch yn ysgwyd ar ei helmed. Pwyntiodd ei gleddyf at y sachau a chan wichian fel llygoden, gorchmynnodd ei ddynion i achub y bwyd. Heb fwyd, byddai'r Rhufeiniaid yn y gaer yn llwgu. Brysiodd y milwyr i dynnu styllod o'r ceirt a rhoi'r sachau i orwedd arnyn nhw. Roedd y sachau'n boeth, a neidiai'r milwyr a gweiddi bob tro roedd un yn rhwygo ac yn gwasgar cig neu rawn dros eu traed.

Stelciai'r canwriad o'u cwmpas gan gadw llygad barcud ar y coed lle diflannodd Caradog a'r Silwriaid. Oedodd ei lygaid unwaith ar y llwyn lle roedd Morcant yn cuddio. Daliodd y bachgen ei wynt, a pharatoi i redeg, ond gwaeddodd is-swyddog fod y sachau wedi'u dadlwytho, a throdd y canwriad yn ôl at ei ddynion. Ar ei orchymyn cododd y milwyr eu styllod a chychwyn am y gaer.

Cyn hir roedd rhes hir o Rufeiniaid yn symud i fyny'r bryn. Y tu ôl iddyn nhw, yn igam-ogam, cripiai'r milwyr a anafwyd wrth warchod y ceirt. Herciai rhai'n boenus, tra llusgai'r lleill ar eu pedwar gan adael eu helmedau a'u tarianau yn y mwd ar lawr y cwm.

Roedd pawb â'u llygaid ar y gaer, heblaw am y canwriad. Edrychai hwnnw dros ei ysgwydd bob hyn a hyn rhag ofn i'r Silwriaid ymosod o'r coed. Cyn gynted ag i'r canwriad droi'i gefn, cripiodd Morcant i lawr y llethr a disgyn i ffos. Yn syth ar ôl i'r Rhufeiniwr gymryd cipolwg arall, gwibiodd o'i guddfan, a chodi'r darian agosaf. Swatiodd y tu ôl iddi, a llithro ar ei bengliniau tuag at helmed a orweddai ben i waered, yn llawn dŵr glaw.

Gwagiodd Morcant yr helmed a'i rhoi ar ei ben. Rhochiodd wrth i'r metel trwm ddisgyn ar ei war, a sbeciodd yn ofidus dros ymyl y darian rhag ofn bod rhywun wedi clywed. Ond roedd y Rhufeiniaid yn dal i duchan i fyny'r bryn. Doedd neb wedi sylwi. A fyddai neb yn sylwi arno fe, Morcant, yn eu dilyn, ac yn cripian i mewn i'r gaer yng nghanol y cefnau crwm. Gwthiodd ei fraich drwy strapen y darian a chodi ar ei draed yn eiddgar.

'Gollwng!'

Cleciodd calon Morcant. Y tu ôl iddo safai un o warchodwyr y ceirt, cleddyf yn ei law a gwaed yn treiglo drwy'r baw ar ei foch. Gwibiodd y cleddyf i gyfeiriad y darian.

'Gollwng hi.'

'Na!' Gwasgodd Morcant ei ddannedd yn dynn a gwthio'r darian tuag at ei elyn. Neidiodd y dyn i'r naill ochr, a bloeddio'n falch wrth i bwysau'r darian dynnu Morcant i'r llawr. Crebachodd y bachgen a chau'i lygaid gan ddisgwyl brathiad y cleddyf yn ei gefn.

Clywodd esgyrn yn malu, a gwingodd mewn braw. Clywodd sgrechiadau o boen. Mentrodd agor ei lygaid. Roedd ei elyn yn gwegian uwch ei ben a gwaywffon yn ymestyn o'i ben-glin! Heb aros i weld pwy daflodd y waywffon, rholiodd Morcant o'r ffordd, neidio ar ei draed a gafael yn ei darian. Os oedd am gyrraedd y gaer a dwyn yr eryr, doedd dim eiliad i'w cholli.

Y tu ôl iddo clywodd ei elyn yn disgyn yn drwm, ond chlywodd e mo'r dyn arall yn rhedeg rhwng y llwyni. Erbyn iddo weld y cysgod yn gwibio heibio'i draed, roedd hi'n rhy hwyr. Roedd anadl boeth ar ei war a llaw fawr yn cau dros ei geg. Er i Morcant wingo fel neidr, codwyd e fel sach. Disgynnodd ei helmed a'i darian i'r llawr, a rhuodd mewn siom wrth i'r dyn ei gipio i ffwrdd.

I bentref y Silwriaid

2.

'Ffŵl wyt ti, Morcant!'

Gwgodd Morcant yn gas ar y ferch oedd yn ysgwyd ei bys dan ei drwyn. Arni hi roedd y bai am ddifetha'i gynlluniau. Hi, Banna, ferch Caradog, oedd wedi gyrru'i thad i'w gipio o'r cwm, cyn iddo gael cyfle i ddwyn yr eryr aur.

'Doedd gen ti ddim gobaith dwyn yr eryr,' arthiodd Banna. 'Wyt ti'n gall? Be gododd yn dy ben di?'

'Ti!' chwyrnodd Morcant, gan wthio'r bys o'r ffordd. 'Ti ddwedodd ...'

'Paid â rhoi'r bai arna i.'

'Ond TI ddwedodd,' mynnodd Morcant. 'Ti ddwedodd fod yr eryr aur yn bwysicach i'r Rhufeiniaid na dim arall yn y byd. Ti ddwedodd y bydden nhw'n marw o gywilydd petaen nhw'n colli'r eryr.'

'Mae hynny'n wir,' meddai Banna. 'Mae pawb yn gwybod hynny. Mae'n well gan filwr Rhufeinig farw na cholli'i faner. Ond dwi ddim yn ddigon dwl i feddwl y gallwn i ddwyn yr eryr go iawn.'

'Neu ddim yn ddigon dewr!'

Fflachiodd llygaid Banna a neidiodd ei phlethen o wallt melyn ar ei hysgwydd fel neidr mewn tymer. Roedd hi'n dal fel ei thad ac yn dalach o dipyn na Morcant. Safodd uwch ei ben a dweud yn ei llais tywysoges, 'Dwi mor ddewr â ti bob tamaid, ond dwi DDIM yn ddigon gwirion i beryglu bywyd fy nhad.'

Cochodd Morcant.

'Fyddwn i BYTH yn peryglu bywyd Caradog,' mynnodd. 'Ddylet ti ddim fod wedi dweud wrth dy dad 'mod i wedi'i ddilyn e bore 'ma. Wedyn fyddai e ddim wedi dod i chwilio amdana i.'

'Wel, fe ddaeth, yn do? Lwcus i ti!' atebodd Banna. 'Oni bai i Dad daflu gwaywffon, byddet ti wedi marw, neu wedi cael dy ddal gan y Rhufeiniaid a dy gipio i ffwrdd dros y môr.'

Sniffiodd Morcant a rhwbio'i drwyn ar ei fraich. Y môr oedd wedi cludo'r Rhufeiniaid a'u ceffylau a'u harfau i Ynys Prydain. Roedden nhw wedi rhuthro o'u cychod fel haid o lygod mawr arian, meddai Banna, ac wedi ymosod ar deyrnas y Catwfelawniaid yn y dwyrain, lle roedd Caradog yn frenin. Er i Caradog frwydro'n hir ac yn chwyrn yn eu herbyn, fe gollodd ei diroedd, a gorfod dianc tua'r gorllewin i wlad y Silwriaid.

Ers dwy flynedd roedd Caradog wedi arwain y

Silwriaid yn erbyn y gelyn, ac ers dwy flynedd roedd Morcant wedi ymbil am gael ymuno yn y frwydr. Ond roedd Caradog wedi gwrthod, felly doedd dim amdani ond helpu yn ei ffordd ei hun.

'Roedd gen i gynllun gwych,' meddai Morcant yn ddig. 'Byddwn i wedi cripian i mewn i'r gaer yng nghanol y milwyr oedd wedi'u hanafu. Wedyn fe fyddwn i wedi cuddio yn y stablau, dwyn yr eryr yn y nos a dianc dros y wal.'

Ochneidiodd Banna.

'Byddwn!' meddai Morcant.

'Byddet, dwi'n siŵr,' wfftiodd y dywysoges, a throi i edrych ar y bluen denau o fwg oedd yn codi dros y coed tua'r dwyrain.

Roedd gwlad y Silwriaid yn llawn o fryniau a chymoedd cul. Pan fentrai'r gelyn ar eu tir, fe ymosodai'r Silwriaid yn chwyrn a dirybudd a'u gyrru ar chwâl. Ond roedd y Rhufeiniaid yn dod yn eu blaenau o hyd. Ers rhai dyddiau roedden nhw wedi adeiladu caer newydd sbon. Y tu ôl i'r waliau pren gwersyllai carfan o filwyr a'u catapyltau mawr yn barod i hyrddio cawodydd o greigiau a bolltau haearn ar ben Caradog a'i ddynion.

'Ond mae Caradog wedi dweud,' meddai Morcant. 'Mae'n rhaid i ni feddwl am gynllun gwahanol i atal y Rhufeiniaid.'

'Does dim rhaid i TI wneud dim byd,' meddai Banna.

'Oes!' mynnodd y bachgen.

'Morcaaant baaach!' Llusgodd Banna ei enw drwy'i ddannedd, ond roedd ei thymer ddrwg wedi diflannu fel y gwynt. Dododd ei braich am ei ysgwydd.'Fyddai dwyn un eryr ddim yn ddigon i'w gyrru nhw adre i Rufain.'

'Na,' meddai Morcant. 'Ond ...'

'Gad ti bopeth i Dad,' meddai Banna ar ei draws. 'Dad sy'n gwybod orau. Iawn?'

Eisteddai Morcant yn erbyn wal y tŷ roedd e'n rhannu â Silyn Gloff a'i deulu. Bob hyn a hyn sbeciai o gil ei lygad ar y fynedfa dywyll i lety'r brenin, lle roedd Caradog yn cwrdd â phenaethiaid y Silwriaid. Ar ôl ei gipio o'r cwm, roedd Caradog wedi carlamu'n ôl adre heb ddweud gair. Roedd wedi neidio o'r cyfrwy, rhoi'r awenau yn llaw Morcant, ac wedi brasgamu i'r llety heb edrych yn ôl. Sniffiodd Morcant yn ddiflas. Roedd wedi peryglu bywyd ei frenin ac wedi'i ddigio. Beth allai fod yn waeth?

Caradog oedd ei arwr. Caradog oedd wedi achub Morcant o adfeilion ei gartref pan laddwyd ei rieni gan y gelyn ddwy flynedd yn gynt. Petai e ond wedi gallu dod â'r eryr yn ôl, byddai wedi profi i'r brenin ei fod yn barod i amddiffyn ei wlad rhag y Rhufeiniaid.

Ond nawr bydd Caradog yn dal i ddweud 'mod i'n rhy

fach, meddyliodd Morcant, gan syllu'n drist i gyfeiriad y coed a gwrando ar y lleisiau llon yn atseinio drwy'r dail. Yn ystod y frwydr y bore hwnnw, roedd ei ffrindiau, Drwstan ac Aeron, wedi dwyn dwy sach fwyd oddi ar geirt y Rhufeiniaid ac wedi'u cuddio yn y llwyni. Nawr roedden nhw'n dod â'r sachau yn ôl, a phawb yn rhedeg i'w cwrdd.

'Drwstan ac Aeron!' gwaeddai'r plant, gan sboncio mewn cyffro wrth i'r ddau farchog ddod i'r golwg. 'Drwstan ac Aeron!'

Cyrhaeddodd y marchogion ar ras, a thynnu'n galed ar yr awenau, nes bod y ceffylau'n rhusio. Llithrodd y sachau o'u cefnau a neidiodd Aeron i'r llawr.

'Gwledd o fwyd Rhufeinig i ni heno!' gwaeddodd gan bwnio'r awyr.

'Bwyd Rhufeinig!' gwaeddodd ei ffrind.

Dychrynodd ei geffyl a strancio tuag at Morcant.

'Hei, Morcant!' galwodd Drwstan, a fflapian ei freichiau fel adenydd. 'Mae gen i rywbeth gwell na chig eryr i ti heno.'

Trodd pawb at Morcant a gwenu o glust i glust. Gwenodd Morcant yn gam. Roedd Drwstan yr un oed ag e, ond am ei fod wedi tyfu'n gyflymach, roedd e'n cael ymladd gyda'r dynion.

Neidiodd Drwstan o'r cyfrwy. 'Edrych ar ôl y ceffyl i

fi, wnei di?' meddai, gan wthio'r awenau i law Morcant. 'A hwnna hefyd,' galwodd dros ei ysgwydd, a phwyntio at geffyl Aeron, oedd yn stablan mewn dychryn wrth i bawb ruthro am y sachau.

Aeth Morcant at y ceffyl a mwytho'i drwyn. 'Paid â chynhyrfu,' sibrydodd yn ei glust. 'Dim ond bwyd sy yn y sachau. Dim byd cyffrous fel eryr aur.'

Stranciodd y ddau geffyl wrth i'r rhyfelwyr ar yr iard daro'u tarianau ac i bawb ddechrau canu'n groch. Arweiniodd Morcant nhw'n dawel at y nant, gan gripian heibio i lety'r brenin, rhag ofn tynnu sylw Caradog.

Ar ôl i'r ceffylau yfed y dŵr, sychodd Morcant eu cotiau â bwndel o wellt, a mynd â nhw draw i'r cae bach lle roedd ceffylau'r rhyfelwyr yn cysgu ar ôl helynt y bore. Symudodd Bel, ceffyl Caradog, ei glustiau yn ei gwsg, ac aeth Morcant ato a phwyso'i foch ar ei ysgwydd. Caeodd ei lygaid a gwrando ar anadlu esmwyth yr anifail, nes bron â chysgu ei hunan.

Roedd e'n breuddwydio am adenydd aur yn hedfan drwy'r awyr las, pan glywodd lais Caradog yn ei ymyl.

'Does dim amser i'w golli,' meddai'r brenin.

Agorodd Morcant ei lygaid a blincian yng ngolau'r haul. Roedd Caradog yn mynd heibio yng nghwmni Urien, un o'r penaethiaid.

'Na! Aros tan y bore,' meddai Urien. 'Rwyt ti wedi

gwneud diwrnod caled o waith, yn enwedig gan dy fod ti wedi mynnu achub y bachgen dwl 'na.'

Gwingodd Morcant a dychryn y ceffyl. Safodd y brenin yn stond.

'Morcant!' ebychodd.

Crynodd y bachgen o'i ben i'w draed wrth weld dau bâr o lygaid yn syllu arno.

'Hwn yw Morcant?' Camodd Urien yn nes a rhoi'i law ar wallt cyrliog y bachgen. 'Hwn yw'r plentyn oedd yn mynd i ddwyn yr eryr aur?' Daeth pwff mawr o chwerthin o'i geg. 'Y pwtyn bach 'ma?'

'Bach o ran maint, ond mae ganddo galon fawr,' meddai Caradog. 'Calon fawr a deallus. Mae'n rhaid i ni fentro, yn does, Morcant?'

Syllodd Morcant i wyneb serchog ei frenin. Doedd Caradog ddim yn ddig, wedi'r cyfan.

'Oes!' meddai, a gwenu o glust i glust.

3.

Roedd cig y Rhufeiniaid yn rhostio ar y tân, y saim yn tasgu a'i arogl yn chwythu'n felys i drwynau'r pentrefwyr a eisteddai o'i gwmpas dan y machlud haul. Er mor hyfryd yr arogl, roedd llygaid pawb wedi'u hoelio ar y brenin Caradog a'i gysgod hir yn ymestyn fel cleddyf ar draws yr iard. Yn ei ymyl, yn dalsyth, safai ei wraig a'i ferch, a chochni'r haul yn disgleirio ar eu gwallt melyn.

Roedd y tri aelod o lwyth y Catwfelawniaid mor annhebyg i'r Silwriaid ag y gallai unrhyw un fod. Roedd croen y Silwriaid yn dywyll, a'u gwallt du yn grychlyd fel pridd wedi'i aredig. Ond Brythoniaid oedden nhw i gyd, a phob un yn benderfynol o amddiffyn eu tiroedd rhag y gelyn.

Eisteddai Morcant yn rheng flaen y Silwriaid yn gwylio'r brenin yn eiddgar. Roedd Caradog yn gwisgo'i glogyn, a'r tu ôl iddo safai Urien a phum pennaeth arall, yn barod i fynd ar daith.

'Ffrindiau!' meddai Caradog.

Edrychodd pawb ar ei gilydd yn llawn cyffro. Pan

ddaeth Caradog gyntaf i wlad y Silwriaid, roedd ei acen a'i iaith yn ddierth, ond roedd wedi dysgu'n gyflym. Roedd e'n ffrind, yn wir. Roedd hefyd yn siaradwr heb ei ail.

'Ffrindiau,' meddai eto. 'Ers dwy flynedd bellach rydych chi wedi ymladd yn ddygn yn erbyn y Rhufeiniaid.'

'Ac fe ymladdwn ni am ddwy flynedd arall, os bydd raid,' galwodd Silyn Gloff, gan daro'i ddwrn ar gledr ei law.

'Gwnewch, dwi'n siŵr,' meddai Caradog. 'Rydych chi'r Silwriaid mor gadarn â'r mynyddoedd o'ch cwmpas. Mae cymaint o bobloedd yr ynys hon wedi ildio i'r gelyn, ond rydych chi'n dal i ymladd.'

'Fe ymladdwn ni nes gyrru'r Rhufeiniaid yn ôl dros y môr!' gwaeddodd Drwstan.

'Gwnewch!' Trodd Caradog i edrych dros y dyffryn, dros gaeau gwyrddlas lle porai gwartheg a defaid, dros goedwigoedd deiliog, dros y mynyddoedd pell. 'Hon yw ein gwlad,' meddai'n dawel. 'Eich gwlad chi a fi. A ryw ddydd ...' Trodd yn ôl at ei bobl a'i wyneb mor danbaid â'r haul. 'Ryw ddydd fe fyddwn ni'n byw ynddi heb ofn unwaith eto, yn gofalu amdani heb ofn unwaith eto, yn lle gorfod ymladd yn erbyn byddin estron sy am ddwyn ein tiroedd a'n rhyddid.'

'Byddwn,' sibrydodd y Silwriaid.

Syllodd y brenin i fyw eu llygaid.

'Gyda'n gilydd rydyn ni wedi ennill sawl brwydr fach. Rydyn ni wedi taro'r Rhufeiniaid dro ar ôl tro wrth iddyn nhw deithio, fel heddiw, tuag at eu caer. Ond nawr mae'n bryd i ni eu herio unwaith ac am byth. Mae'n bryd i ni fentro, ffrindiau.'

Rhedodd gwefr drwy'r dorf.

'Mae gan y Rhufeiniaid arfau gwych – tarianau a helmedau a thiwnigau o fetel – ond mae gyda ni'r Brythoniaid dân yn ein calonnau, tân a all doddi metel, a chariad at y wlad lle'n magwyd.'

'Oes!' meddai'r Silwriaid, a'u hanadl yn codi'n un awel gynnes tuag at eu brenin.

'Felly dwi am fynd heno at ein cymdogion, yr Ordoficiaid, a gofyn iddyn nhw ymuno â ni mewn un frwydr fawr.' Cododd Caradog ei lais. 'Brwydr dros ryddid y Brythoniaid!'

'Rhyddid!' bloeddiodd pawb.

'Rhyddid!' atseiniodd y brenin. 'Ryw ddydd, fe fydd pob cornel o'r wlad yn eiddo i ni unwaith eto. Ydych chi gyda fi, ffrindiau?'

'Ydyn!' oedd yr ateb balch.

'Ydych chi'n fodlon ymladd ochr yn ochr â'r Ordoficiaid?'

'Ydyn!' Cododd pawb ar eu traed. 'Ydyn! Ydyn!' gwaeddon nhw.

'Diolch i chi, bob un!' Plygodd y brenin o flaen ei bobl. 'Yna fe a' i a'ch penaethiaid tua'r gogledd a chyflwyno'n cais i'n cymdogion. Fe awn ni ar unwaith.' Amneidiodd ar y chwech a safai y tu ôl iddo.

'Arhoswch funud!' gwaeddodd un llais.

Edrychodd y brenin yn syn ar Albuc y Bugail, oedd wedi tynnu ei gyllell ac yn rhoi naid at y tân. Bachodd ddarn o gig oedd yn rhostio yn y gwres a'i chwyrlïo uwch ei ben.

'Alli di ddim mynd neb fwyd!' galwodd ar ei frenin. 'Rhaid i ti frathu'r Rhufeiniaid cyn mynd. Wel, eu cig, beth bynnag.'

'Ie! Bratha'r Rhufeiniaid, Caradog!' meddai'r dorf yn frwd. Dechreuodd y rhyfelwyr guro'u tarianau. 'Bratha nhw go iawn.'

Gwasgodd Banna fraich ei thad.

Gwenodd y brenin. 'Iawn, fe fwytwn ni damaid,' meddai gan droi i gael gair â'r penaethiaid. 'Yna i ffwrdd â ni heb oedi.'

Cychwynnodd y chwe phennaeth at y cae i nôl eu ceffylau, ond amneidiodd y brenin ar Morcant ac yna i gyfeiriad y cae. Sbonciodd calon y bachgen. Roedd Caradog eisiau iddo fe nôl Bel.

Rhedodd Morcant yn llon rhwng y tai, gan gadw'n ddigon pell oddi wrth Urien a'r penaethiaid eraill. Gweryrodd Bel a dod yn syth ato. Ffliciodd ei glustiau ac ysgwyd ei fwng wrth i Morcant roi'r cyfrwy ar ei gefn a'r ffrwyn dros ei drwyn.

'Rwyt ti'n methu aros i guro'r Rhufeiniaid, yn dwyt?' meddai'r bachgen.

Nodiodd y ceffyl ei ben balch a chwarddodd Morcant a rhwbio'i foch yn ei fwng.

Cerddodd y ddau'n dawel dros yr iard a sefyll o'r neilltu i wylio Caradog a'r penaethiaid yn llowcio'u darnau cig. Doedd neb arall yn bwyta, ond roedd gwên ar wyneb pob un wrth weld eu brenin yn mwynhau. Ar ôl i Caradog lyfu'i fysedd, aeth Morcant ato a rhoi awenau Bel yn ei law. Dringodd Caradog i'r cyfrwy, a dilynodd y penaethiaid ar eu hunion. Wrth droi pen Bel tua'r gogledd, plygodd Caradog tuag at Morcant a dweud gair yn ei glust.

'Be?' gwichiodd y bachgen. Roedd y rhyfelwyr wedi dechrau curo'u tarianau eto a'r sŵn yn byddaru. 'Be?' gwaeddodd wedyn, ond roedd y brenin eisoes wedi plycio'r awenau a'r pentrefwyr yn ei ddilyn yn llawn hwyl.

Erbyn i Morcant wthio'i ffordd drwy'r dorf, roedd y marchogion hanner ffordd i lawr y bryn. Rhedodd

Morcant ar eu hôl a'i freichiau ar led, nes cyrraedd y tir gwastad.

Yno gorweddodd ar y glaswellt a gwrando ar sŵn y carnau'n diflannu i'r pellter. Uwch ei ben chwythai cymylau coch fel baneri. Caeodd ei lygaid a chlywed llais Caradog unwaith eto yn ei glust.

'Morcant. Fe gei di ymladd yn y Frwydr Fawr.'

Ie, dyna ddwedodd e. Yn bendant. Gwingodd y bachgen mewn cyffro.

'Morcant. Fe gei di ymladd yn y Frwydr Fawr.'

4.

Ond ble oedd Caradog? Roedd wedi bod i ffwrdd ers dyddiau. Bob munud sbâr rhedai Morcant i edrych dros y cwm, gan obeithio gweld saith o geffylau'n carlamu tuag adre.

'Waeth i ti heb ag edrych,' galwodd Silyn Gloff un noson. Roedd Silyn yn eistedd ar y llawr o flaen ei dŷ, yn trwsio olwynion ei gert fach.

'Pam?' gofynnodd Morcant, a mynd i eistedd yn ei ymyl.

Chwythodd Silyn naddion pren oddi ar ei diwnig. 'Mae dwy leuad lawn wedi codi ers i Caradog fynd i ffwrdd,' meddai'n gras. 'Mentra i fod yr hen Ordoficiaid 'na wedi'i ddal e.'

'Silyn!' rhybuddiodd Ria, ei wraig, o gysgodion eu cartref. 'Paid â siarad dwli.'

'Dwli!' meddai llais bach un o'u hwyresau. Rhedodd y plentyn o'r tŷ a sefyll o flaen ei thad-cu gan chwerthin a sbec drwy gudynnau ei gwallt.

'Dwli wir!' wfftiodd Silyn, a gwneud llygaid mawr

arni. 'Lladron yw'r Ordoficiaid! Maen nhw eisiau dwyn ein tiroedd ni.'

'Silyn!' Roedd Ria ar ganol lliwio gwlân. Brasgamodd drwy'r drws a hylif coch yn diferu o'i dwylo mawr. 'Bydd dawel! Mae honna'n hen stori.'

Gwenodd Morcant. Doedd Silyn ddim yn ffrind i'r Ordoficiaid. Arnyn nhw roedd y bai am ei fod yn gloff. Roedd dau o'u helwyr wedi mentro ar dir y Silwriaid flynyddoedd yn gynt, a Silyn wedi'u herio.

'Lladron a chachgwn,' mynnodd Silyn, gan ollwng ei gyllell a chodi'i ddyrnau. 'Roedden nhw'n ddau yn erbyn un, Morcant. Dau yn erbyn un. Ond fe lwyddes i i dorri'u trwynau. O, do!' Anelodd ei ddyrnau, ac oni bai i Morcant blygu'i ben yn sydyn, byddai wedi cael dwrn ar ei drwyn.

Rhedodd y ferch fach o'i ffordd gan wichian.

'Silyn!' llefodd ei wraig, gan ysgwyd y lliw coch o'i dwylo a thynnu ei hwyres ati. 'Wyt ti'n gall?'

Chwarddodd Silyn yn llon. 'Ydw!' atebodd. 'A dwi'n nabod yr Ordoficiaid.'

'A ddim yn nabod dy hunan,' meddai Ria. 'Rwyt ti'n beio'r Ordoficiaid am hela ar ein tir ni, ond sawl gwaith wyt ti wedi hela ar eu tir nhw?'

'Hm,' meddai Silyn a gwneud llygaid tro ar Morcant.

'Hm, wir,' meddai Ria a rhoi proc i'w gŵr â blaen ei

throed. 'Pobl y mynyddoedd yw'r Ordoficiaid, fel ni. Mae rhai o'r penaethiaid wedi bod yma cyn hyn. Maen nhw'n bobl gyfeillgar ...'

'Cyfeillgar!' wfftiodd Silyn, a rhwbio'r graith ar ei ben-glin.

'Wel, mae 'na ambell sgarmes yn awr ac yn y man,' meddai Ria'n swta. 'Fel 'na mae hi rhwng cymdogion. Wedyn mae popeth yn tawelu. Ond dyw'r Rhufeiniaid ddim yn gadael llonydd i neb. Dim byth. Nhw yw'n gelynion ni. Cofia di hynny, Silyn.'

Nodiodd Silyn â'i geg yn gam. Roedd ei wraig yn iawn, wrth gwrs. Ddoe ddiwethaf roedd dau ysbïwr Rhufeinig wedi'u dal yn y coed o fewn golwg y pentref. Âi'r ddau hynny byth yn ôl i'w caer, ond byddai rhagor o Rufeiniaid yn siŵr o'u dilyn. Roedd y gelyn yn benderfynol o fachu pob darn o dir y Brythoniaid.

'Chi'n meddwl bod y Rhufeiniaid yn gwybod bod Caradog wedi mynd tua'r gogledd?' gofynnodd Morcant.

'Falle,' meddai Ria, gan roi winc fach garedig ar y bachgen. 'Ond dydyn nhw ddim wedi'i ddal e. Paid ti â phoeni.'

'Dwi ddim yn poeni!' protestiodd Morcant. 'All neb ddal Caradog.'

'Na,' chwarddodd Ria. 'A phetai'r Rhufeiniaid wedi'i ddal e, byddai pawb yn gwybod, cred ti fi. Bydden nhw'n clochdar o ben y bryniau. Maen nhw wedi bod ar ôl Caradog am chwe mlynedd gron. Chwe mlynedd, cofia. Chwe mlynedd yn hela un dyn. Maen nhw'n meddwl eu bod nhw mor glyfar a chymaint yn well na ni, ond dydyn nhw ddim wedi dal Caradog.'

'Na!' gwaeddodd Morcant a chodi'i ddwrn. 'Caradog yw'r gorau!'

'Gorau!' meddai'r ferch fach, a rhedeg i'r tŷ.

'A phan ddaw e'n ôl,' meddai Ria, 'fe unwn ni a'r Ordoficiaid yn y Frwydr Fawr, a gyrru'r Rhufeiniaid o'n gwlad.'

'Gwnawn!' meddai Silyn a chwffio'r awyr. Ond, ar ganol cwffio, ochneidiodd yn drwm, a disgynnodd ei ddwylo ar ei liniau.

Druan â Silyn. Wnâi e fyth ymladd eto. Roedd e'n rhy gloff, a'i wallt yn gwynnu. Closiodd Morcant ato.

'Mae Banna'n dweud bod y Rhufeiniaid yn cael gwersi ymladd,' meddai.

'Ydyn, maen nhw,' snwffiodd Silyn. 'Does ganddyn nhw ddim tân yn eu calonnau, felly mae'n rhaid iddyn nhw gael eu dysgu fel cŵn, yn does?'

'Wel, dwi'n meddwl bod dysgu'n syniad da,' meddai Morcant.

'Wyt ti?' Trodd Silyn ei ben fel chwip.

'Ydw, a dwi eisiau dysgu cwffio fel ti,' meddai'r

bachgen. 'Alli di roi gwersi i fi?'

'Alla i roi gwersi i ti?' Sythodd cefn Silyn. 'Wrth gwrs y galla i roi gwersi i ti,' chwarddodd, gan bwyso ar ysgwydd Morcant a chodi ar ei draed. 'Chei di ddim gwell athro o fan hyn i Rufain.' Herciodd ar ras i mewn i'r tŷ a dod yn ôl a'i darian ar ei fraich. 'Ti'n gweld yr hen wialen 'na dynnes i o olwyn y gert?' meddai. 'Dere â hi i fi.'

'Ond mae hi wedi plygu yn ei chanol,' meddai Morcant.

'Mae hi hefyd tua'r un maint â chleddyf y Rhufeiniaid,' meddai Silyn, gan gymryd y wialen o law Morcant, a'i sythu. 'Mae eu cleddyfau nhw'n fyrrach na'n cleddyfau ni, ond mae eu tarianau'n hir ac yn grwm. Nawr 'te.' Safodd Silyn yn gadarn, ei darian ar ei fraich a'r wialen yn ei law. 'Fel hyn maen nhw'n gwneud. Gwylia di. Maen nhw'n gwthio'r darian i dy wyneb di ...' Anelodd ei darian at Morcant. 'Wedyn mae llaw'r Rhufeiniwr yn dod heibio'r darian ac yn brathu.'

Gwaeddodd y bachgen wrth i'r wialen wibio heibio ymyl y darian a suddo i'w groen.

'Silyn, Silyn,' llefodd Ria, a rhedeg i sychu'r gwaed oedd yn treiglo i lawr braich Morcant. 'Rhagor o'r dwli 'ma ac fe ro i raff amdanat ti a dy glymu wrth bostyn y drws.'

'Mae'n iawn, Ria,' protestiodd Morcant, a gwenu ar y ferch fach oedd yn sbecian yn llawn braw o'r tu ôl i'w mam-gu. 'Mae'n rhaid i fi ddysgu.'

'Ond 'sdim rhaid i ti gael dy ladd dan fy nhrwyn i!' chwythodd Ria, gan blethu'u breichiau a sefyll wrth ysgwydd ei gŵr.

Winciodd Silyn yn awgrymog ar Morcant. Chwifiodd y wialen yn ddiniwed unwaith neu ddwy, nes i Ria fynd yn ôl at ei gwlân. Yna cripiodd y ddau y tu ôl i'r tŷ ac ymladd o ddifri.

5.

Dysgodd Morcant sut i ochrgamu, neidio o ffordd y darian, ac osgoi'r cleddyf oedd yn gwibio o'r tu ôl iddi. Mi fyddai wedi ymarfer ddydd a nos, oni bai bod ganddo waith i'w wneud yn y caeau, a bod Silyn yn blino.

'Fe wnei di filwr bach da,' meddai Silyn un prynhawn, gan sychu'r chwys oddi ar ei dalcen a phwyso ar ysgwydd y bachgen.

'Fe wna i filwr MAWR da,' mynnodd Morcant a chwyddo'i frest. Pan oedd e'n fachgen bach roedd ei dad wedi dweud wrtho, 'Rhai araf iawn i dyfu yw'n teulu ni. Pwtyn bach fel ti o'n i unwaith. Ond yn y diwedd fe dyfes, a nawr dwi'n ddigon tal, yn tydw i?'

Roedd Morcant bach wedi cysgodi'i lygaid a syllu i wyneb llon ei dad.

'Fydda i mor dal â ti?' gofynnodd.

'Yn dalach,' meddai ei dad gan godi Morcant ar ei ysgwyddau nes bod pen y bachgen ar goll ym mrigau'r goeden fedwen yn ymyl eu cartref. 'Mor dal â hyn!'

Sgubodd Morcant ei law dros ei wyneb, rhag ofn i

Silyn weld ei wefusau'n crynu. Roedd y Rhufeiniaid wedi dwyn ei dad oddi arno, a'i fam a'i frawd bach.

'Dwi'n mynd i yrru'r Rhufeiniaid o'n gwlad,' meddai'n chwyrn.

'Wrth gwrs dy fod ti,' meddai Silyn, gan ddisgyn ar ei eistedd ar lawr ac anadlu'n drwm.

Er bod Silyn wedi blino'n lân, roedd Morcant yn llawn egni, a phan welodd griw o'i ffrindiau ar eu ffordd i hela, 'Arhoswch i fi!' gwaeddodd, a rhedeg ar eu hôl. Ond wrth fynd heibio llety'r brenin, clywodd lais y frenhines Cata yn ei alw.

Camodd Cata o gysgod ei thŷ, a'i llaw ar garn y cleddyf a wisgai am ei chanol. Cata fyddai'n arwain y Silwriaid yn erbyn y gelyn, petai'r Rhufeiniaid yn ymosod cyn i Caradog ddod yn ei ôl. Gwenodd Morcant a mynd draw ati. Credai rhai mai un galed, ddiamynedd oedd y frenhines, ond roedd hi wedi bod yn garedig tuag at Morcant. Roedd y ddau wedi colli'u cartref o achos y Rhufeiniaid.

'Morcant,' meddai Cata, yn acen fain y Catwfelawniaid. 'Ces i freuddwyd amdanat ti neithiwr.' Sgubodd hi ei wallt o'i dalcen a syllu i fyw ei lygaid. 'Yn y breuddwyd roeddet ti'n filwr Rhufeinig.'

'Milwr Rhufeinig!' Camodd Morcant yn ôl. 'Fyddwn i byth!' chwyrnodd.

'Na.' Gwenodd y frenhines. 'Ond rwyt ti'n ymladd fel Rhufeiniwr,' meddai. 'Dwi wedi bod yn dy wylio di. Rwyt ti'n ofalus a disgybledig.'

'Dwi'n Silwriad!' mynnodd Morcant.

'Wyt ...' Trodd y frenhines a chlustfeinio. I lawr yn y cwm roedd rhywrai'n gweiddi ac yn chwythu cyrn. Rhedodd Banna o lety'r brenin mewn cyffro.

'Be sy'n digwydd?' galwodd.

'Byddwch barod, bawb!' bloeddiodd Cata. Tynnodd ei chleddyf, ac anelu ar ras tuag at y ffos oedd yn amgylchynu'r pentref. Rhedodd Morcant a Banna ar ei hôl. Gwaeddodd mamau ar eu plant a'u llusgo i loches. Cydiodd rhyfelwyr yn eu tarianau a'u gwaywffyn a chododd Silyn Gloff ar ei draed.

Yn y dyffryn roedd y twrw'n cynyddu. Bloeddiadau a brefu gwartheg a defaid. Curiadau carnau ceffylau. Daeth marchog i'r golwg rhwng y coed. Yna un arall ac un arall. Pan ddaeth y seithfed i'r golwg, ochneidiodd y frenhines yn falch.

'Caradog a'i ddynion!' meddai a gwthio'i chleddyf yn ôl i'r wain.

'Caradog!' gwaeddodd Morcant.

'Caradog!' Atseiniodd y gri drwy'r pentref. Rhedodd yr helwyr yn ôl o'r coed a'r ffermwyr o'r caeau. Rhedodd pawb at geg y lôn. Roedd y marchogion wedi diflannu o'u golwg unwaith eto, ond roedd sŵn y carnau'n dod yn nes ac yn nes o hyd.

'Sefwch yn ôl!' gwaeddodd Silyn yn groch. 'Sefwch yn ôl, bawb. Rhowch le i'r marchogion. Sefwch yn ôl.'

Camodd Cata o flaen y dorf a chodi'i llaw. Daliodd pawb eu gwynt, a gwrando ar drawiad carnau'r ceffylau yn nesáu at ael y bryn.

Daeth y marchog cyntaf i'r golwg, ei wyneb yn ddu gan lwch a'i lygaid yn las fel yr awyr. Disgynnodd ei gysgod mawr dros y dorf. Arafodd y ceffyl, ac mewn tawelwch llwyr, trodd y brenin Caradog yn gyntaf at ei wraig, ac yna at ei bobl.

'Mae'r Ordoficiaid wedi cytuno,' cyhoeddodd a'i lais fel cloch. 'Mi fydd 'na frwydr ar eu tir yn y gogledd. Ymlaen, Silwriaid! Ymlaen!'

6.

Roedd hi'n noson o ddathlu, a phawb wrthi'n paratoi'r
wledd i groesawu Caradog yn ôl. Ym mhob tŷ roedd
crochan o gawl yn ffrwtian a bara'n crasu ar y meini.
Gorweddai'r oglau'n gwmwl cynnes dros y toeau gwellt.

Safai Drwstan a chriw o ddynion ifainc ar wal y ffos,
yn ysgwyd eu dyrnau i gyfeiriad caer y gelyn ac yn
gweiddi, 'Ewch adre, Rufeiniaid! Ewch adre!'

Yn lle ymuno â'i ffrindiau, eisteddai Morcant o flaen
ei gartref â golwg ddwys ar ei wyneb. Roedd e newydd
ddod yn ôl o lety'r brenin, ac yn gwylio Silyn yn hercian
tuag ato.

Craffodd Silyn arno'n ofalus.

'Wel,' meddai o'r diwedd, gan eistedd yn ei ymyl.
'Sdim eisiau i ti ddweud gair. Mae'n ddigon hawdd gweld
oddi wrth dy wyneb di be sy wedi digwydd.'

'Ydy hi?' mwmialodd Morcant.

'Ydy,' meddai Silyn. 'Mae Caradog yn mynd i'n gadael
yn union, a mynd i wlad yr Ordoficiaid, yn dyw e?'

Nodiodd Morcant.

'Felly nid gwledd o groeso yw hon, ond gwledd i ffarwelio â'n brenin?'

'Mae'n rhaid i Caradog fynd i'r gogledd yn syth,' meddai Morcant. 'Mae e'n gorfod paratoi'n fanwl ar gyfer y frwydr. Bydd e wrthi am fisoedd.'

'Ac rwyt ti'n mynd gydag e?'

Nodiodd Morcant yn swil gan lygadu ei ffrind. Byddai'n colli Silyn, a byddai Silyn yn ei golli e, ond roedd yn benderfynol o ddilyn ei frenin. Y diwrnod ofnadwy hwnnw pan ddiflannodd ei deulu am byth, roedd Morcant wedi mynd i lawr i bwll yr afon i bysgota. Pan gyrhaeddodd adre, roedd ei bentref yn wenfflam a phawb naill ai'n farw neu wedi'u dal gan y gelyn. Am ddydd a nos fe fu'n cuddio mewn ffos, yn oer ac yn llwglyd, nes i Caradog a'i ddynion ei ddarganfod.

Gwenodd Silyn. 'Rwyt ti wastad wedi bod yn ffefryn gan Caradog,' meddai. 'Fe ddaethoch chi i'r pentre hwn gyda'ch gilydd, ac fe ewch chi o 'ma gyda'ch gilydd hefyd.'

'Ond fe ddown ni'n ôl!' mynnodd Morcant. 'Wir, Silyn! Ar ôl trechu'r Rhufeiniaid fe ddown ni'n ôl.'

Ysgydwodd Silyn ei ben. 'Ddaw Caradog ddim yn ôl,' meddai'n bendant. 'Un o lwyth y Catwfelawniaid yw Caradog. Os curith e'r Rhufeiniaid a'u gyrru o'r wlad, fe aiff e'n ôl i'w diroedd ei hun.' Dododd Silyn ei law gnotiog ar fraich Morcant a'i gwasgu. 'Ond Silwriad wyt ti. Fe ddoi di'n ôl i wlad y Silwriaid, yn gwnei di, Morcant bach?'

'Wrth gwrs!' meddai Morcant.

Ochneidiodd Silyn yn falch. 'Rwyt ti'n un o'r goreuon,' meddai. 'Ti fydd arweinydd y Silwriaid ryw ddydd. Dyna 'mreuddwyd i.'

'Arweinydd y Silwriaid?' Chwarddodd Morcant. Roedd y frenhines Cata wedi breuddwydio ei fod e'n filwr Rhufeinig. Am ddau freuddwyd gwahanol! Breuddwyd Silyn oedd y gorau o bell ffordd, ond go brin y byddai hwnnw'n dod yn wir, chwaith. Wedi'r cyfan, roedd gan y Silwriaid y brenin gorau erioed, sef y gŵr oedd yn brasgamu ar draws yr iard. Daeth gwragedd i ddrysau'r tai, eisteddodd y plant yn y llwch, a gollyngodd gweithwyr eu hoffer, gan ddisgwyl yn eiddgar am eiriau eu brenin.

'Ffrindiau,' meddai Caradog. 'Mae dwy flynedd wedi mynd heibio ers i chi fy nghroesawu i'ch gwlad. Yn ystod y ddwy flynedd honno, rydych chi wedi bod yn driw ac yn garedig tuag ata i, a dwi'n gobeithio fy mod innau wedi gwneud fy ngorau drosoch chi.'

'Wyt! Wyt!' gwaeddodd y dorf.

'A nawr mae'n rhaid i mi eich gadael dros dro.' Trodd y brenin ei ben yn araf a syllu ar bob wyneb dwys. 'Ac mae rhai ohonoch chi'n gofyn pam mae'n rhaid i ni ymladd yng ngwlad yr Ordoficiaid. Pam na allwn ni ymladd fan hyn ar dir y Silwriaid? Ydy'r Silwriaid yn llai dewr na'r Ordoficiaid? Nac ydych! Nac ydych!'

'Nac ydyn! Nac ydyn!' gwaeddodd lleisiau croch.

'Os rhywbeth, rydych chi'n ddewrach!' bloeddiodd y brenin. 'A dwi'n gwybod y byddwch chi'n amddiffyn eich tir hyd eithaf eich gallu, tra bydda i i ffwrdd, fel y gwnaethoch chi cyn i mi ddod yma.'

'Byddwn!'

'A dwi'n gwybod, pan ddaw dydd y Frwydr Fawr, y byddwch chi yno wrth fy ochr.'

'Byddwn!'

'Dwi wedi dewis darn o dir, bobl. Y man gorau ar gyfer y Frwydr Fawr. Yng ngwlad yr Ordoficiaid mae rhes o fryniau isel gydag afon lydan yn llifo wrth eu traed. Does 'na ddim byd tebyg ar ein tiroedd ni. Yn y fan honno fe gurwn ni'r Rhufeiniaid. Fe erlidiwn ni nhw ar draws Ynys Prydain, nes o'r diwedd fe'u gyrrwn ni nhw'n ôl dros y môr. Safwn gyda'n gilydd, Frythoniaid!'

'Safwn gyda'n gilydd!'

'A churo'r eryr aur!'

Ar y gair hedfanodd aderyn mawr dros y pentref a'i adenydd yn ddisglair yng ngolau'r haul. Cododd y rhyfelwyr eu tarianau a'u curo'n chwyrn.

Simsanodd yr aderyn a hedfan yn gam i ffwrdd.

Yn gynnar fore drannoeth, gorweddai Morcant ar ei wely croen yn gwylio golau cynta'r wawr yn lledu dros awyr y dwyrain, ac yn gwrando ar sŵn traed Silyn yn hercian tuag ato.

Caeodd Morcant ei lygaid a gwasgu'i ddannedd yn dynn. Doedd e ddim eisiau i Silyn ei weld yn crynu. Teimlodd anadl ar ei ysgwydd, a bysedd yn gollwng darn bach o bren yn ysgafn i'w law. Wrth i Silyn hercian yn ei flaen i'r awyr agored, tynnodd Morcant ei fawd dros y darn pen, a theimlo pig a siâp adain. Roedd Silyn wedi naddu aderyn bach. Eryr. Gwasgodd Morcant e'n dynn.

Heddiw, am y tro cyntaf yn ei fywyd, byddai'n hedfan i ffwrdd o wlad y Silwriaid.

Byddai'n filwr ym myddin Caradog ac yn dilyn ei frenin …

I wlad yr Ordoficiaid

7.

'Milwr ym myddin Caradog, wir!' wfftiodd Dias yr Ordoficiad, gan estyn carreg fawr i Morcant. 'Mi rydan ni'n fwy o adeiladwyr nag o filwyr, chdi a mi.'

'Ydyn, am y tro,' chwarddodd Morcant. 'Ni a phawb arall.'

Cododd y garreg i ben y wal, ac ochneidio'n falch wrth deimlo'r nerth yn ei gyhyrau. Roedd dwy flynedd, bron iawn, wedi mynd heibio ers iddo gyrraedd gwlad yr Ordoficiaid. Pwtyn bach oedd e bryd hynny allai ffitio'n hawdd o dan gesail Caradog. Ond nawr roedd e'n cyrraedd hyd at ysgwydd ei frenin. Roedd e'n gryf, yn gydnerth, ac wedi tyfu o'r diwedd. Roedd ei dad yn iawn.

Bob ochr iddo roedd dynion yn gweithio fel lladd nadroedd i godi wal i amddiffyn y bryn a ddewiswyd ar gyfer y Frwydr Fawr. Led cae i ffwrdd roedd criw o Ordoficiaid yn morthwylio degau o bolion miniog i ryd yr afon.

'Fe fyddwn ni'n filwyr cyn bo hir. Paid â phoeni,' meddai wrth Dias. 'Dyna pam mae Caradog wedi rhoi gorchymyn i godi'r wal. Mae'r Frwydr Fawr yn nesáu.'

'Gobeithio, wir!' atebodd Dias, a sychu'r chwys oddi ar ei dalcen. 'Os nad ydy'r Rhufeiniaid yn ormod o gachgwn i'n herio ni.'

Ers misoedd roedd y gelyn wedi swatio yn eu caer tua'r dwyrain.

'Mae Caradog wedi'u twyllo nhw,' meddai Morcant. Ar ôl cyrraedd gwlad yr Ordoficiaid, roedd Caradog wedi dal i wneud ymosodiadau bach chwim ar y gelyn, yn ôl ei arfer. Felly, doedd gan y Rhufeiniaid ddim syniad ei fod yn paratoi at frwydr fawr.

'Un cyfrwys ydy Caradog,' chwarddodd Dias, a llygadu'r fryngaer yn is i lawr y cwm. Codai mwg o'r toeau a chwythu'n ddiniwed yn y gwynt.

Roedd gan yr Ordoficiaid sawl bryngaer ar hyd glannau'r afon. Roedd ysbïwyr y Rhufeiniaid wedi cripian o gwmpas pob un, ac er bod Caradog wedi'u gweld, roedd wedi gadael llonydd iddyn nhw. Ei gynllun oedd denu'r gelyn yn bell o'u caer, ac yna ymosod arnyn nhw o ben Bryn y Frwydr Fawr. Cyn hir byddai'r bryn yn llawn o Frythoniaid yn barod i ryfel.

'Morcant!' Ar ganol estyn carreg, safodd Dias yn stond.

'Be?' meddai Morcant.

'Gwranda!'

Distawodd clec y cerrig a thwrw'r morthwylion. Ar hyd y wal safai'r dynion mor llonydd â'r bryniau o'u cwmpas.

Yn y pellter pell roedd corn yn seinio.

'Teirgwaith!' sibrydodd Morcant.

'Sh!' Cododd Dias ei fys.

Parablai'r afon ar lawr y cwm. Chwibanai aderyn ymhell uwchben. Canodd y corn eto. Unwaith, dwywaith, tair. Nodiodd Dias ar Morcant. Llifodd y gwaed i fochau'r ddau.

'Yr alwad!'

Ar amrantiad roedd y lle'n ferw gwyllt, y dynion wrth droed y bryn yn rhedeg am gerrig ac yn eu taflu i'w lle, a'r lleill yn taro polion i wely'r afon nes bod y dŵr yn tasgu'n gawodydd lliwgar.

Seiniodd y corn rhyfel unwaith eto, yn nes y tro hwn, ac o'r fryngaer agosaf, marchogodd rhes o ddynion i lawr y llethr ac anelu ar hyd glannau'r afon.

'Mae'r Rhufeiniaid yn dŵad!' gwaeddon nhw. 'Mae'n hysbïwyr wedi gweld catrawd ohonyn nhw'n dŵad allan o'u caer. Maen nhw ar eu ffordd. Mi fyddan nhw yma ymhen rhyw bedwar diwrnod.'

'Ac mewn diwrnod arall fe fyddwn ni wedi cael gwared arnyn nhw am byth!' gwaeddodd Morcant, a phwnio ysgwydd Dias.

Gwyliodd y marchogion yn anelu tua'r de, gan chwythu'u cyrn deirgwaith. Dychmygodd y sŵn yn cyrraedd Drwstan ac Aeron. A Silyn.

O'r diwedd!

'Drwstan! Drwstan!' Dridiau'n ddiweddarach roedd Morcant yn ymwthio drwy'r dorf oedd wedi cyrraedd o bob cwr o'r wlad ac yn galw ar ei ffrind.

Agorodd Drwstan ei lygaid led y pen. Llyncodd y ddiod yn ei law a thynnu'i fraich dros ei geg.

'Morcant Bach?' meddai'n syn. 'Ti sy 'na?'

'Wrth gwrs!' chwarddodd Morcant. 'Pwy arall?'

'Dwyt ti ddim yn fach nawr. Ti'n dalach na fi, ddyn.'

'Ydw i?'

'Wyt, wir!' Safodd Drwstan yn ei ymyl, a gweiddi dros ei ysgwydd. 'Edrychwch pwy sy 'ma!'

Trodd chwe phâr o lygaid at Morcant a daeth chwech o'i hen ffrindiau ato a'i daro ar ei gefn.

'Ble mae Aeron?' gofynnodd Morcant. 'Doedd e ddim eisiau ymladd?'

'A!' Pylodd llygaid Drwstan. 'Fe ddaliwyd e gan griw o Rufeiniaid pan oedden ni allan yn hela yn y gwanwyn. Wyddon ni ddim a yw e'n fyw neu'n farw. Dyna pam mae'n rhaid i ni eu gyrru nhw o 'ma, Morcant. Er mwyn Aeron!'

'Er mwyn Aeron!' adleisiodd Morcant yn drist.

'Mae gen i neges i ti o'r hen gartref,' meddai Drwstan. Plygodd tuag at ei ffrind a sibrwd yn ei glust. 'Cofia ddod yn ôl â'r eryr.'

Neidiodd calon Morcant. 'Silyn! Mae e'n fyw ac iach?'

'Ydy, siŵr,' meddai Drwstan. 'Ond yn methu credu dy fod ti wedi bod mor hir cyn dod adre. Mae e'n amau bod yr Ordoficiaid wedi dy garcharu di.'

'Na,' chwarddodd Morcant. 'Maen nhw'n ffrindiau. Maen nhw'n union 'run fath â ti a fi.'

'Na. Dyw eu hiaith ddim yn union 'run fath,' meddai Drwstan gan lygadu criw o lanciau oedd yn mynd heibio ac yn dangos eu hunain. Roedden nhw wedi lliwio'u gwallt yn wyn, a pheintio patrymau glas ar eu cyrff.

'Fe alli di'u deall nhw'n hawdd,' meddai Morcant. 'Dylet ti glywed Caradog. Mae e'n swnio'n union fel un ohonyn nhw erbyn hyn. Mae'r Ordoficiaid yn casáu'r Rhufeiniaid lawn cymaint â ni – wir! – ac yn barod i'r frwydr.'

'Y frwydr! Curo'r Rhufeiniaid unwaith ac am byth!' Taflodd Drwstan ei fraich am ysgwydd yr Ordoficiad agosaf. Trodd hwnnw'i ben yn syn, yna chwerthin a tharo'i ddwrn yn erbyn dwrn Drwstan.

Roedd y Brythoniaid wedi gwersylla ar ochr orllewinol y bryn, a llond cae ohonyn nhw'n gwau drwy'i gilydd, yn eu dillad brethyn lliwgar. *Mor wahanol i arfwisgoedd metel y Rhufeiniaid*, meddyliodd Morcant. Pobl galed oedd y Rhufeiniaid. Teimlai'n falch o'i bobl ei hun; mor falch fel bod gwên fawr yn lledu dros ei wyneb. Gwenodd pawb yn ôl arno. Roedd y cae'n llawn bwrlwm a chyffro.

'Dwi'n deall nawr pam roedd raid i ni ymladd yma yng ngwlad yr Ordoficiaid,' meddai Drwstan, gan edrych o'i gwmpas yn fodlon. 'Hwn yw'r safle gorau posib. Rydyn ni wedi aros yn hir am hyn.'

'Ond fydd dim eisiau i ni ddisgwyl fawr mwy!' gwaeddodd Morcant a phwyntio i ben y bryn lle roedd tri rhyfelwr yn codi'u dyrnau ac yn gweiddi'n groch.

Rhedodd Morcant i fyny'r llethr ochr yn ochr â Drwstan. Yn y pellter edrychai'r gelyn yn eu harfwisgoedd arian fel rhewlif disglair yn llithro'n araf rhwng y bryniau.

Mi fydden nhw'n barod i ymosod yn y bore.

8.

Y noson honno sleifiodd Morcant ar ras i'r pentref a godwyd i letya Caradog a'i deulu. Roedd y pentref yn dawel a'r caban lle bu'n cysgu ers misoedd yn wag. Yng ngolau'r lleuad ymbalfalodd am y sach oedd yn cynnwys ei ychydig eiddo, a thynnu allan yr eryr pren a gawsai'n anrheg gan Silyn. Hyd yn oed os na allai fynd ag eryr aur yn ôl i Silyn, fe âi â hwn. Clymodd yr eryr ar ddarn o wlân am ei ganol.

Ar ddiwedd y frwydr, roedd e'n mynd i anelu'n syth am wlad y Silwriaid. Fe, Morcant, fyddai'r cyntaf i gyhoeddi'r newydd da i Silyn a Ria a gweddill ei bobl. 'Mae'r Rhufeiniaid wedi'u curo. Does dim rhaid i ni frwydro mwyach. Rydyn ni'n ddiogel.'

Oedodd yn nrws y caban. Roedd hi'n noson olau braf, heb awel o wynt a'r sêr yn bigau main yn yr awyr. Roedd y sêr wedi tywynnu ar wlad y Brythoniaid ymhell cyn i'r Rhufeiniaid lanio ar eu tiroedd. Mi fydden nhw'n dal i dywynnu ymhell ar ôl i'r Rhufeiniaid fynd. Gwenodd y bachgen.

'Pam wyt ti'n gwenu?'

Trodd Morcant ar ras. Safai'r frenhines Cata o flaen llety'r brenin, ei hwyneb fel sidan gwyn a'i ffrog lwyd yn toddi i'r nos.

'A beth wyt ti'n wneud fan hyn?' gofynnodd.

Gwingodd Morcant wrth weld ei llygaid taer. Oedd Cata'n meddwl ei fod yn rhedeg i ffwrdd? Neu'n fradwr? Wedi'r cyfan, roedd hi wedi breuddwydio unwaith ei fod e'n Rhufeiniwr.

'Wyt ti wedi dod i ffarwelio â Banna a fi?' gofynnodd y frenhines, cyn iddo allu dweud gair.

'Na!' atebodd Morcant.

'Na?' meddai'r frenhines yn syn. 'Ond fory, byddi di'n mynd yn ôl at dy bobl, yn byddi?'

'At y Silwriaid,' mynnodd Morcant.

'Pwy arall?' meddai Cata.

'Ie, pwy arall?' Chwarddodd Morcant a brysio at y frenhines. Doedd Cata ddim yn meddwl ei fod yn ffrind i'r Rhufeiniaid, wedi'r cyfan. 'A beth amdanat ti?' gofynnodd. 'Ti a Banna a Caradog?'

'Fe awn ni'n ôl i wlad y Catwfelawniaid,' meddai'r frenhines gydag ochenaid fach hapus, 'ryw ddydd ar ôl y Frwydr Fawr.'

'Ond does dim rhaid i ni ffarwelio am byth,' meddai Morcant.

'Dim o gwbl.' Gwenodd y frenhines, a chydio yn ei law.

Safodd y ddau am funudau hir a gwrando ar synau'r nos. Daeth Banna o lety'r brenin a sefyll yn eu hymyl heb ddweud gair. Camodd Aesu, un o'r rhyfelwyr oedd yn gwarchod y teulu brenhinol, i ddrws ei gaban a syllu tua'r dwyrain. Er mor dawel yr awyr, ac er mor llonydd y pentref o'u cwmpas, o'r pellter dôi sŵn anniddig, sŵn fel anifail enfawr yn troi a throsi dan ddaear, yn rhochian a chlecian ei ddannedd.

'Wyddost ti lle mae Rhufain, Morcant?' gofynnodd y frenhines.

'Yn bell,' atebodd y bachgen.

'Yn bell, ond yn rhy agos,' sibrydodd Cata. 'Mae'r Rhufeiniaid wedi teithio dros fôr a thir am wyth mlynedd gron. A nawr maen nhw'n gwersylla yn y cwm hwn. Rhaid i ni eu gyrru o 'ma, Morcant.'

'Ac fe wnawn ni!' meddai'r bachgen.

'Fe wnawn ni,' meddai'r frenhines, a gwasgu'i law'n dynn.

Erbyn i'r haul godi roedd y sŵn wedi llenwi'r awyr a'r creigiau eu hunain yn crynu. Safai Morcant ar ben y bryn yng nghanol miloedd o'i gyd-Frythoniaid. Islaw, yr ochr draw i'r afon, safai'r gelyn yn rhesi llonydd.

Yn y canol roedd y milwyr Rhufeinig â'u tarianau enfawr, a phob ochr safai milwyr o wledydd a goncrwyd gan y gelyn. Roedd tarianau'r dynion hynny yn dipyn llai. *Dyna fel mae'r Rhufeiniaid yn trin pobl*, meddyliodd Morcant. *Dyna pam mae'n rhaid eu difetha.*

Bob ochr i'r milwyr traed roedd carfan o farchogion, ac ar y dde eisteddai cadfridog y Rhufeiniaid ar ei geffyl llwyd. Y tu ôl i'r milwyr, yn swatio ar ei bolyn, roedd yr eryr aur. Edrychodd Morcant ar wynebau disglair ei ffrindiau. Teimlodd wres eu hanadl yn lapio fel tân amdano. Aroglodd y chwys ar eu cyrff. Nhw'r Brythoniaid oedd y cewri, y dewrion, a'r Rhufeiniaid yn ddim ond malwod yn eu cregyn metel. Dim ond lwmp o fetel oedd yr eryr aur.

Crynodd yr eryr o flaen ei lygaid, wrth i lais Caradog atseinio o ben y bryn.

'Frythoniaid!' bloeddiodd Caradog. 'Frythoniaid, gwrandewch arna i! Nid hwn yw'r tro cyntaf i'r Rhufeiniaid geisio dwyn ein gwlad. Flynyddoedd yn ôl, ymhell cyn ein hamser ni, fe ddaeth y cadfridog Iŵl Cesar i dir y Brythoniaid, gan feddwl ein gwneud yn gaethweision. Ond fe fethodd! Nid caethweision ydyn ni! Rydyn ni'n bobl rydd am fod ein cyndeidiau wedi gyrru'r gelyn ar chwâl. Heddiw gadewch i ninnau wneud yr un peth. Rhyddid!'

'Rhyddid!' bloeddiodd y Brythoniaid a'u lleisiau'n ffrwydro i'r awyr las.

Ar y llain y tu draw i'r afon stranciodd y ceffylau Rhufeinig a brwydrodd eu marchogion i'w rheoli, gan syllu mewn braw tuag at y bryn.

'Ymladdwn hyd yr eithaf!' gwaeddodd Caradog.

'Ymladdwn dros ein gwlad, ein cyndeidiau, ein gwragedd a'n plant. Ymladdwn! Ymladdwn!' gwaeddodd penaethiaid y llwythau.

'Ymladdwn!'

Seiniodd corn rhyfel y Rhufeiniaid heb i neb ei glywed. Cododd y cadfridog ei fraich a symudodd ei farchogion tuag at ryd yr afon.

Distawodd y Brythoniaid ar unwaith a gafael yn dynn yn eu ffyn tafl. Roedd Caradog wedi'u rhybuddio i beidio ag anelu nes i'r Rhufeiniaid ddod yn nes.

Doedd dim smic i'w glywed wrth i geffylau blaen y gelyn gamu'n rhes daclus i'r dŵr. Yna, ar amrantiad, chwalodd y rhes i sŵn nadu gwyllt. Rhusiai'r ceffylau, a cheisio dianc rhag y polion miniog oedd yn gwasgu i'w carnau. Syrthiodd dynion bendramwnwgl i'r afon a'u harfwisgoedd trwm yn eu tynnu o dan y dŵr. Cwympodd dau geffyl yn erbyn y lan gan strancio'n wyllt. Sgrechiodd dyn ac anifail a chrynodd y ffon dafl yn llaw'r Ordoficiad oedd yn sefyll yn ymyl Morcant. Roedd e'n ysu am anelu, ond cofiodd rybudd y brenin a daliodd yn dynn.

Syllai wynebau gwynion y Rhufeiniaid ar y dorf ddistaw ar ben y bryn ac am foment plygodd yr eryr ei ben tua'r llawr. Yna, ar orchymyn y cadfridog, trodd y milwyr troed tua'r dde a dilyn glan yr afon nes dod at fan lle doedd dim polion. Camodd y rheng gyntaf yn ofalus i'r dŵr a suddo hyd at eu canol.

'Symudwn yn is!' gorchmynnodd Caradog, 'ac anelu'n ffyn tafl a'n gwaywffyn.'

Gydag ochenaid falch llifodd y Brythoniaid i lawr ochr y bryn. Roedd Morcant yn y rhes flaen. Hanner ffordd i lawr, safodd pawb yn stond ac anelu eu cerrig at y gelyn. Simsanodd y Rhufeiniaid wrth weld y gawod ddu yn hedfan tuag atyn nhw. Gwaeddodd eu cadfridog ar ei ddynion a'u hannog i ddal ati.

'Gwaeddwch yn uwch!' gorchmynnodd Caradog.

'Rhyddid! Rhyddid!' bloeddiodd y Brythoniaid ag un llais.

Ffrwydrodd y sŵn fel taran am glustiau'r Rhufeiniaid. Rhusiodd ceffyl y cadfridog a throi ar ei ddwy goes.

'Gwaywffyn!' gwaeddodd Caradog wrth i'r eryr arwain rheng arall o filwyr tua'r dŵr. 'Ymosodwch cyn gynted ag iddyn nhw gyrraedd y lan. Cyn iddyn nhw gael cyfle i guddio y tu ôl i'w tarianau!'

Llwythodd Morcant garreg i'w ffon dafl a gwylio'r
Rhufeiniaid yn brwydro drwy'r afon, a'r dŵr yn
byrlymu'n don ar hyd eu harfwisgoedd. Llithrodd dyn
yng nghanol y rhes a diflannu o dan y dŵr. Baglodd y
dynion o'i gwmpas a chripian ar eu gliniau tua'r lan, gan
ollwng eu tarianau ar y glaswellt cyn llusgo'u hunain i
dir sych.

'Nawr!' gwaeddodd Caradog.

Hedfanodd gwaywffyn a cherrig a disgyn yn
ddidrugaredd ar y gelyn.

'Anelwch! Anelwch!' bloeddiodd Caradog, a hyrddio'i
waywffon ei hun. 'Anelwch cyn iddyn nhw godi'u
tarianau.'

Rhedodd y Brythoniaid i lawr y bryn ac anelu'u ffyn
tafl. Gwingai rhai o'r Rhufeiniaid ar lawr, ond closiodd y
lleill at ei gilydd a chodi'u tarianau fel wal o'u hamgylch
a tho uwch eu pennau. Nawr allai'r cerrig mo'u brifo.
Roedden nhw fel anghenfil mawr metel yn symud yn
bwyllog tuag at odre'r bryn.

'Ddôn nhw ddim dros ein wal ni!' gwaeddodd
Morcant ar Dias.

'Bydd raid iddyn nhw ollwng eu tarianau!' atebodd yr
Ordoficiad. 'Ac mi fyddwn ni'n barod amdanyn nhw.'

Yr ochr draw i'r afon gwaeddai'r cadfridog nerth ei geg.

Cachgi yw e, meddyliodd Morcant yn chwyrn. *Dim fel Caradog*. Roedd Caradog ar flaen y gad, yn arwain ei ddynion, a'i fwng o wallt yn chwipio am ei ben fel mellten arian.

Roedd yr eryr aur wedi cyrraedd troed y bryn. Gwibiodd cerrig a gwaywffyn tuag at y Rhufeiniaid. Ciliodd y gelyn ac ailymosod. Bloeddiodd y Brythoniaid a'u gyrru'n ôl dro ar ôl tro. Ond roedd rhagor o filwyr yn croesi'r afon. Tasgai gwreichion wrth i'r gelyn hyrddio'u tarianau yn erbyn y wal a'i sathru dan draed.

Erbyn i'r haul godi'n uchel yn yr awyr, roedd darn hir o'r wal wedi chwalu a'r Rhufeiniaid yn dechrau dringo'r bryn.

'Byddwch yn barod i ymladd wyneb yn wyneb!' gwaeddodd Caradog.

Gwthiodd Morcant ei ffon dafl i'w wregys. Tynnodd ei gleddyf hir a gwylio ton o Rufeiniaid yn anelu amdano. O dan yr helmedau roedd wyneb pob un yn rhimyn cul.

'Rhyddid!' Byrlymodd y floedd o gegau'r Brythoniaid, a chan ddal i weiddi fe ruthron nhw at y gelyn a'u gwthio'n ôl.

Gwibiodd tarian Rufeinig tuag at Morcant. Ochrgamodd yn sionc a phlygu'i ben i osgoi'r cleddyf. Yn ei ymyl clywodd leisiau'n ochneidio a dau Ordoficiad yn disgyn ar lawr, a'r gwaed yn gymysg â'r paent ar eu cyrff.

'Y cachgwn. Does gen i ddim tiwnig o fetel, ond mae gen i dân yn fy nghalon!' gwaeddodd Morcant gan ruthro at y Rhufeiniwr a hyrddio'i darian o'i law.

Roedd wal o fetel yn symud i fyny'r rhiw tuag at y Brythoniaid. Cleciai cleddyf yn erbyn cleddyf ac atseiniai llais Caradog a'r penaethiaid mor gryf ag erioed.

'Rhyddid!'

Baglodd Morcant tuag yn ôl a gweld wyneb cyfarwydd yn gorwedd ar y llawr wrth ei draed.

'Drwstan!'

'Ymladda!' gwaeddodd Drwstan. Er bod ei fraich yn gwaedu, roedd ei gleddyf yn ei law. Hyrddiodd y cleddyf i goes Rhufeiniwr oedd yn dod amdano.

Rhuodd Morcant a thaflu'i hun yn ôl i'r frwydr. Bloeddiai'r Brythoniaid yn ei ymyl a hyrddio'u cleddyfau hir. Gyrrwyd y Rhufeiniaid yn ôl i droed y bryn a'u pledu â cherrig, ond roedd gan y gelyn arfwisgoedd cadarn, a chan chwyrnu fel anifeiliaid, fe wthion nhw yn eu blaenau unwaith yn rhagor. O gil ei lygad gwelodd Morcant yr eryr aur yn sleifio i fyny'r bryn. O'i gwmpas mewn hanner cylch hir, roedd criw o filwyr yn anelu am Caradog.

Brwydrodd Morcant at ochr ei frenin.

'Caradog!'

Gwthiodd Caradog ei darian i wyneb Rhufeiniwr a disgynnodd hwnnw'n swp ar lawr.

'Caradog!' gwaeddodd Morcant. 'Maen nhw'n dod amdanat ti!'

Chwyrlïodd Caradog â bwyell yn ei law. Neidiodd gwreichion o darianau'r Rhufeiniaid, a chododd bloedd o ryfeddod o'u gyddfau. Ymladdai'r brenin mor ffyrnig â chawr a'i chwys yn tasgu drwy'r awyr.

Gwibiodd cleddyf tuag at Morcant. Bloeddiodd y brenin a tharo'r cleddyf o law'r Rhufeiniwr.

'Morcant!' gwaeddodd.

'Maen nhw'n symud i fyny'r rhiw y tu draw i ti. Maen nhw am dy amgylchynu di,' rhybuddiodd y bachgen.

Edrychodd y brenin dros ei ysgwydd. Roedd ugeiniau o'i ddynion yn gorwedd ar lawr a'r gelyn yn cau amdanyn nhw. Tynnodd gorn o'i wregys, ei seinio, a gweiddi'n groch. 'Yn ôl! Yn ôl! Yn ôl!'

Rhedodd Morcant i ben y bryn a throi i wynebu'r Rhufeiniaid.

Ond 'Dos o 'ma!' gorchmynnodd Caradog. 'Dihangwch. Ewch o 'ma!' gwaeddodd ar ei ddynion. Chwifiodd ei gleddyf i gyfeiriad y bryniau tua'r gorllewin. 'Allwn ni ddim colli rhagor o ddynion heddiw. Dihangwch!' Sylwodd ar y bachgen. Roedd Morcant yn dal i sefyll yn ei unfan. 'Morcant. Dihanga cyn i'r Rhufeiniaid gyrraedd pen y bryn.'

'Ond y Frwydr Fawr?' llefodd y bachgen yn ddryslyd.

'Mae'r frwydr yn mynd yn ei blaen,' atebodd y brenin, gan gydio yn ei fraich a'i lusgo i lawr y llethr. 'Ond nid fan'ma, Morcant. Ac nid heddiw. Fe awn ni i nôl Cata a Banna ac yna ...'

Tawodd y brenin. Yng nghanol y Brythoniaid oedd yn dianc o'r bryn, roedd un rhyfelwr yn dod tuag ato.

'Aesu!' ebychodd, gan ollwng Morcant a rhedeg i'w gyfarfod.

Llifai gwaed o ben Aesu. Gwegiodd coesau'r rhyfelwr a disgynnodd yn erbyn ei frenin. 'Mae'r Rhufeiniaid wedi cipio'r frenhines a'ch merch,' sibrydodd. 'Mae'n rhy hwyr.'

9.

Gafaelodd Caradog yn Aesu a'i hanner cario i gysgod ffos.

Dilynodd Morcant, wysg ei gefn, a'i gleddyf yn ei law, yn barod i'w hamddiffyn rhag y gelyn oedd yn llifo'n don dros y bryn. Ar ôl gollwng Aesu mewn man diogel, cydiodd Caradog ym mraich Morcant a'i dynnu ar ras ar hyd y ffos ac ar draws nant. Roedd y cwm yn ferw gwyllt, a'r Brythoniaid yn dianc am eu bywydau. Uwch eu pennau chwyrlïai haid o frain gan grawcian yn groch.

Erbyn i Morcant a'i frenin gyrraedd lloches y coed yr ochr draw i'r cwm, roedd y brain yn cylchu uwchben Bryn y Frwydr Fawr. Ar y bryn gorweddai llanast o gyrff, ac ar hyd llawr y cwm roedd Brythoniaid yn dal i wasgaru, fel llwch o flaen gwynt. Yr ochr draw i'r afon tasgai'r haul oddi ar arfwisgoedd y Rhufeiniaid oedd yn gorymdeithio'n ôl i'w gwersyll.

Sychodd Morcant y chwys oedd yn rhedeg dros ei dalcen. Yn ei ymyl safai ei frenin, yn anadlu'n drwm a gwaed yn llifo dros ei foch.

'Sut ydyn ni'n mynd i achub Cata a Banna?' llefodd Morcant.

Tynnodd Caradog ei law dros ei wyneb a symud y blew arian oedd yn glynu wrth y gwaed.

'Sut?' llefodd Morcant eto.

Gwenodd y brenin yn drist. 'Rwyt ti eisiau sleifio i wersyll y gelyn a'u hachub heno nesa, yn dwyt?' meddai, gan bwyso'i law waedlyd ar fôn coeden. 'Un dewr wyt ti, Morcant. Un dewr fuest ti erioed. Ond mae'n amhosib. Byddai'r gelyn yn barod amdanon ni.'

'Sut 'te?'

'Drwy godi byddin arall.'

'Byddin arall!' ebychodd Morcant a gwylio'r Brythoniaid yn diflannu i'r pellter.

'Mae 'na deyrnas fawr yn y gogledd,' meddai'r brenin, gan sythu'i gefn. 'Teyrnas Cartimandwa, brenhines y Brigantiaid. Mae gan Cartimandwa fwy o diroedd nag unrhyw frenin ym Mhrydain. Dwi'n mynd i ofyn iddi ymuno â ni. Gyda'n gilydd mi enillwn ni yn y diwedd. Waeth faint o amser gymerith hi, mi enillwn ni, Morcant.'

Cipedrychodd ar y bachgen a syllai arno'n ddryslyd.

'Felly does 'na ddim o'r fath beth â Brwydr Fawr?' sibrydodd Morcant o'r diwedd. 'Dim ond rhes o frwydrau, un ar ôl y llall?'

'Nes i ni ennill Morcant! Nes i ni ennill!' Trodd y brenin tuag ato a'i lygaid mor danbaid ag erioed. Ond does dim rhaid i ti ymladd rhagor.' Pwysodd ei ddwylo ar ysgwyddau'r bachgen. 'Rwyt ti wedi gwneud mwy na digon. Mae teyrnas Cartimandwa yn bell o wlad y Silwriaid. Dos adre i amddiffyn dy bobl.' Gwasgodd y bachgen yn dynn a gollwng ei afael.

Trodd Morcant i syllu ar y brain yn cylchu dros gyrff ei ffrindiau. Roedd Drwstan yn gorwedd ar Fryn y Frwydr Fawr. A phwy arall? Roedd ar ei bentref ei angen. Tynnodd anadl grynedig, ond cyn iddo ddweud gair, gwelodd bigyn o olau aur yn arwain y gelyn yn ôl i'w gwersyll.

'Dwi'n dod gyda ti,' meddai Morcant wrth ei frenin. 'Dwi'n dod gyda ti ...'

I gaer Cartimandwa

10.

Drannoeth dechreuodd Morcant ar ei daith i wlad y Brigantiaid yng nghwmni Caradog a thri o ryfelwyr yr Ordoficiaid – Gronw, Math a Selyf. Gadawodd Fryn y Frwydr Fawr yn bell ar ôl, a gwlad y Silwriaid yn bellach fyth. Teithiodd tua'r gogledd dros fryniau a dyffrynnoedd, a gweld môr tua'r dwyrain a môr tua'r gorllewin.

Ar hyd y daith fe welodd yr ŷd yn aeddfedu yn y caeau, a'r dail yn dechrau newid eu lliw. Gwelodd hefyd Rufeiniaid yn gorymdeithio drwy diroedd y Brythoniaid mor hy ag erioed, yn llifo fel gwenwyn arian drwy wythiennau'r wlad.

Cadwodd y cwmni bach o ffordd y gelyn, drwy lechu mewn coedwigoedd a chael lloches mewn pentrefi unig. Unwaith fe ddaethon nhw ar draws tri milwr Rhufeinig yn cysgu dan goeden, a thynnodd Gronw ei gyllell yn barod i ymosod.

Ond 'Gad lonydd iddyn nhw,' oedd gorchymyn Caradog. 'Os lladdi di nhw, bydd hynny'n tynnu sylw'r gelyn. Mae'n bwysicach ein bod ni'n cyrraedd caer Cartimandwa yn ddiogel.'

Safai caer Cartimandwa, brenhines y Brigantiaid, ym mhen pellaf ei theyrnas fawr.

'Pam na fuasai'r frenhines 'cw wedi codi'i chaer ymhellach i'r de, neu o leia yn y canol?' cwynai Math un prynhawn wrth ddilyn ei frenin i fyny llwybr serth, a'r chwys yn sgleinio ar gôt ei geffyl. 'Mae'r daith 'ma'n ddiddiwedd.'

'Nac ydy!' gwaeddodd Caradog yn llawn cyffro. 'Cwyd dy galon, Math!'

Safai Caradog ar ben y llethr yn syllu ar draws y cwm at y bryn gyferbyn. Brysiodd y lleill ato, ac aros yn stond. Yn ymestyn dros gopa mawr gwastad y bryn roedd caer enfawr – y gaer fwyaf a welson nhw erioed – a'r wal o'i chwmpas cyn daled â choeden dderwen. Y tu mewn i'r wal safai rhes ar ôl rhes o adeiladau a'u toeau gwellt yn disgleirio fel tarianau yn yr haul.

'Os ydy'r bwyd cystal â'r gaer, mi fwytwn ni'n dda heno,' mwmialodd Gronw o'r diwedd, gan rwbio'i fol.

'Ara' deg, Gronw,' meddai Caradog a rhoi'i law ar ysgwydd yr Ordoficiad. 'Mae Cartimandwa'n frenhines bwerus iawn, fel rwyt ti'n gweld, a rhaid i ni ddangos parch tuag ati. Felly ...' Trodd a gwenu ar Morcant. 'Felly, fe arhoswn ni yma heno, a bore fory fe gei di fynd â neges garedig iddi oddi wrtha i. Ti a Morcant.'

'Morcant?' meddai Gronw'n syn.

'Mae Morcant yn Silwriad,' eglurodd y brenin. 'A thithau'n Ordoficiad. Dwi am ddangos ein bod ni'r Brythoniaid yn uno yn erbyn y Rhufeiniaid.'

'Hm!' meddai Gronw a llygadu'r bachgen. Roedd wyneb Morcant yn disgleirio fel lleuad lawn. 'Ydy'r Silwriad bach yn deall sut mae bod yn barchus?' gwawdiodd. 'Gwell i fi roi gwers iddo, debyg. Gwylia hyn, Morcant.' Neidiodd Gronw oddi ar ei geffyl, sythu'i ysgwyddau, gwthio'i fys bawd i frest ei diwnig a stelcian dros y tir anwastad a'i drwyn yn yr awyr.

'Baglu wnei di, os cerddi di fel 'na,' rhybuddiodd Selyf.

Ar y gair baglodd Gronw dros dwmpath a disgyn ar ei eistedd.

Neidiodd Morcant o'r cyfrwy â bloedd o chwerthin. Rhedodd i roi help llaw i'r Ordoficiad, ond gwthiodd Gronw e i ffwrdd.

'Sh!' meddai a chodi'i fys. 'Dwi'n clywed sŵn dŵr. Mi gawn ni ddiod heno, hyd yn oed os na chawn ni fwyd. Dewch, bobl.'

Sbonciodd ar ei draed, ac anelu ar draws y bryn nes dod at darddiad nant fechan. Amneidiodd ar y lleill i ddod â'u ceffylau, a dilyn y nant i mewn i'r coed.

Troediodd Morcant yn ofalus a'i law ar ysgwydd ei geffyl. Gwibiai adar a gwiwerod drwy'r canghennau gan wasgar cawodydd swnllyd o fes ac o frigau.

Diflannodd y nant dros silff o graig, a disgyn i bwll islaw. Gwaeddodd pawb yn falch, a brysio at y pwll. Ar ôl i'r ceffylau gael diferyn i'w yfed, tynnodd y brenin ei ddillad, a phlymio i ganol yr ewyn gwyn. Camodd Morcant i'r pwll ar ei ôl a chwerthin wrth i'w groen grebachu yn yr oerfel. Gwrthododd Math a Selyf wneud dim ond gwlychu'u traed, ond mentrodd Gronw ddilyn ei frenin, a golchi'r llwch oddi ar ei gorff. Cwpanodd pawb eu dwylo ac yfed o'r dŵr oedd yn disgyn dros y graig.

Roedd pawb mewn hwyliau da. Roedd y daith bron ar ben. Ysgydwodd Morcant y dŵr o'i wallt a rhoi naid i ben ucha'r graig. Oddi yno syllodd ar gaer enfawr brenhines y Brigantiaid. Roedd gan Cartimandwa gyfoeth, tiroedd eang a llu o ryfelwyr. Doedd ryfedd fod Caradog wedi teithio mor bell i'w gweld. Ond roedd Morcant yn ysu am droi tua'r de unwaith eto. Troi i herio'r gelyn ac achub Cata a Banna. Pwniodd yr awyr â'i ddwrn a gweld ei frenin yn gwenu arno.

'I lawr â'r eryr aur!' gwaeddodd Morcant. 'I lawr â'r eryr aur!'

Yn gynnar fore drannoeth, ymolchodd Gronw a Morcant unwaith yn rhagor.

'Rwyt ti a fi'n waeth na'r Rhufeiniaid,' meddai Gronw, gan wasgu dŵr o'i farf gringoch. 'Mae'r rheiny'n ymolchi drwy'r amser.'

'Does NEB yn waeth na'r Rhufeiniaid,' mynnodd Morcant, a sgubo dail oddi ar ei ddillad. Tynnodd ddraenen oddi ar gefn tiwnig Gronw. Roedd yn bwysig eu bod yn edrych eu gorau o flaen brenhines y Brigantiaid.

Safai Caradog ar y graig uwchben y pwll yn syllu tua'r dwyrain. Disgleiriai'r haul ar y gwallt arian yn codi fel dwy adain dros ei glustiau ac ar greithiau'r gelyn ar ei fochau.

'Mae 'na wylwyr wrth borth y fryngaer,' meddai, gan neidio i lawr. 'Fel pob gwyliwr arall, fe wnân nhw'u gorau glas i'ch atal rhag gweld y frenhines, ond mynnwch ar bob cyfri gael gair â hi.'

'Pan glywith Cartimandwa ein bod ni'n dod ar ran y brenin Caradog, mi fydd hi'n rhedeg i'n gweld ni,' meddai Gronw'n llon.

'Byddwch yn barchus tuag ati, beth bynnag,' rhybuddiodd y brenin.

Roedd Math wedi nôl y ceffylau ac wedi sychu'r llwch oddi ar eu cotiau. Dringodd Morcant a Gronw ar eu cefnau.

'Ydy hyn yn ddigon parchus?' gofynnodd Gronw gan wasgu ei law dde dros ei fol, a phlygu nes bod ei drwyn yn cyffwrdd mwng y ceffyl.

'Parchus tu hwnt,' chwarddodd y brenin.

Eisteddai Morcant yn dalsyth. Er ei syndod roedd ei galon yn curo ar ras. Wrth baratoi i ddilyn Gronw i lawr y bryn, clywodd lais ei frenin.

'Byddi di'n iawn,' meddai Caradog. 'Dos.'

Gwenodd Morcant. Cleciodd yr awenau, a marchogaeth yn ofalus i lawr y bryn.

Roedd y brenin wedi siarsio'i ddau negesydd i symud yn hamddenol, rhag dychryn neb. Ond wrth iddyn nhw gamu'n dawel o'r coed, daeth gwichiadau o fraw o'r llwyni islaw. Roedd dwy ferch fach yn casglu coed tân ar ymyl y goedwig, ac heb glywed y ceffylau'n nesáu. Ar ôl syllu'n syn ar wynebau llon y marchogion, chwarddodd y ddwy a symud o'u ffordd.

Ar waelod y cwm cariai'r ffermwyr lwythi o ŷd melyn tuag at glwstwr o dai, lle roedd gwragedd yn ffustio grawn. Chymerodd neb fawr o sylw o'r ddau farchog yn tuthio i fyny'r rhiw.

Roedd yr haul newydd godi dros doeau'r gaer a chysgod ei mur yn disgyn yn don dros y bryn. Wrth i'r marchogion nesáu at y porth, camodd gwyliwr o'r cysgodion, ei gorff bron mor fain â'r waywffon yn ei law.

'Pwy ydych chi?' cyfarthodd, gan sefyll ar draws eu llwybr.

'Brythoniaid ydyn ni,' atebodd Gronw, a dringo oddi ar gefn ei geffyl gan amneidio ar Morcant i wneud 'run fath. 'Brythoniaid sy'n dod â neges i'r frenhines Cartimandwa.'

'Oddi wrth bwy?'

'Caradog,' meddai Gronw â gwên falch. 'Caradog, brenin y Catwfelawniaid.'

Gwibiodd llygaid y gwyliwr ar unwaith tuag at y goedwig gyferbyn. Edrychodd Morcant dros ei ysgwydd, ond doedd neb i'w weld. Roedd Caradog o'r golwg rhwng y dail.

'Caradog.' Pwysleisiodd Gronw yr enw'n araf a gofalus, rhag ofn nad oedd y Brigantwr wedi deall. 'Caradog, brenin y Catwfelawniaid.'

Nodiodd y gwyliwr, a gweiddi 'Docca!' dros ei ysgwydd. Daeth cawr o ddyn i'r golwg o'r tu ôl i'r mur. Edrychai ei wyneb fel petai wedi'i naddu o graig. Taflodd gipolwg sydyn ar yr ymwelwyr cyn diflannu i grombil y gaer.

Gwenodd Gronw yn serchog ar y gwyliwr. 'Mae hon yn gaer ryfeddol,' meddai. 'Caer deilwng iawn o frenhines enwog y Brigantiaid.'

'Teilwng iawn,' cytunodd Morcant.

Crychodd talcen y Brigantwr. Syllodd yn sur ar y ddau, a throi i graffu ar y coed heb ddweud gair.

Roedd hi'n dawel yng nghaer Cartimandwa. Er i Morcant glustfeinio, chlywai e neb yn symud y tu ôl i'r wal. Anesmwythodd ei geffyl a rhwbiodd Morcant ei drwyn. Yn ei ymyl roedd Gronw'n tuchan yn ddiamynedd ac yn gwgu i gyfeiriad y gwyliwr oedd yn dal i syllu tua'r coed.

'Parchus!' sibrydodd Morcant, a'i brocio'n slei.

'Hm!' meddai Gronw. Ond cododd ei galon pan welodd Docca'n brysio'n ôl ato â gwên ar ei wyneb garw.

'Mae'n bleser mawr gan y Frenhines Cartimandwa estyn croeso i chi,' meddai Docca, a phlygu'n isel o flaen y ddau ymwelydd.

'Ha!' Taflodd Gronw wên fodlon i gyfeiriad y gwyliwr. 'Mae'n bleser gen i a'm ffrind dderbyn y croeso,' atebodd.

Cymerodd Docca awenau'r ceffylau, eu rhoi yn llaw'r gwyliwr ac amneidio ar yr ymwelwyr i'w ddilyn. Nodiodd Gronw ar Morcant a chamu'n dalog drwy'r porth a'r bachgen wrth ei ochr.

Cerddai Docca'n fân ac yn fuan heibio i dai a oedd bron i gyd yn wag. Er bod arogl bwyd yn yr awyr, doedd dim sôn am neb. *Efallai bod y Brigantiaid yn cael gwledd yn rhywle*, meddyliodd Morcant. Byddai hynny wrth fodd Gronw.

O'i flaen ym mhen pella'r gaer roedd adeilad mawr, a'i do'n codi ddwywaith yn uwch na thoeau'r tai. At hwnnw roedd y Brigantwr yn anelu. Cipedrychodd Morcant ar Gronw, a phan welodd yr olwg bwysig ar wyneb yr Ordoficiad, sythodd yntau ei ysgwyddau a chodi'i drwyn.

Arhosodd Docca o flaen drws yr adeilad a phlygu'i ben. 'Dyma neuadd ein brenhines,' meddai yn ei lais trwm. 'Ewch i mewn, ffrindiau.'

Gwenodd Gronw'n foesgar a chamu heibio iddo. Dilynodd Morcant wrth ei sodlau. Roedd hi'n dywyll yn y neuadd, heblaw am y sgwâr o olau wrth y drws. Hanner caeodd ei lygaid. Craffodd ar olion tân a rhes o lestri pren. Craffodd ar fwrdd a meinciau gwag. Ym mhen pella'r bwrdd roedd gorsedd hardd, a honno'n wag hefyd. Ble oedd y frenhines?

Roedd Morcant yn dal i edrych o'i gwmpas, pan sylwodd ar gysgod yn crafu'r llawr wrth ei draed. Trodd ar ei union a gwingo wrth i'r haul lifo i'w lygaid. Trodd Gronw hefyd a rhythu'n gegagored. O flaen y drws safai gwraig mewn tiwnig goch a'i gwallt melyngoch yn gwreichioni dros ei hysgwyddau. Edrychai fel fflam yng ngolau'r haul.

'Croeso i chi,' meddai llais mwyn.

Cysgododd yr Ordoficiad ei lygaid, a phlygu'i ben yn ffwndrus.

'Barchus Cartimandwa,' meddai. 'Mae Caradog, brenin y Catwfelawniaid, yn anfon ei gyfarchion atoch.'

'A, Caradog!' meddai Cartimandwa a'i geiriau'n suo drwy'r niwl melyn. 'Y dewraf o frenhinoedd y Brythoniaid!'

'Mae o'n gofyn yn garedig am gael eich gweld, frenhines,' meddai Gronw, a'i lais yn cryfhau.

'Does dim rhaid i Caradog ofyn, siŵr iawn!' atebodd Cartimandwa. 'Mae'n fraint ei groesawu yma i wlad y Brigantiaid. A'ch croesawu chithau hefyd. Beth yw dy enw, negesydd?'

'Gronw,' meddai'r Ordoficiad, a phlygu'i ben unwaith eto.

'A tithau?'

Trodd y frenhines at Morcant. Caeodd y bachgen ei lygaid wrth i belydrau o haul dasgu oddi ar y torchau am ei gwddw. Pan fentrodd eu hagor, roedd Cartimandwa wedi camu'n nes, a'r haul yn dawnsio fel haenen o ddŵr dros ei hwyneb hirgul a thros ei gwên ddisglair.

'Morcant,' atebodd Gronw ar ei ran, a'i brocio â'i benelin. 'Morcant yw ei enw.'

'M ... Morcant,' meddai'r bachgen, a rhoi naid wrth i'r frenhines afael yn ei fraich.

'Wel, Morcant, 'ngwas i,' meddai Cartimandwa. 'Mi gei di aros fan hyn, tra bydd Gronw'n nôl ei frenin. Ac ar ôl i ti gael hyd i dy dafod, mi gei di ddweud wrtha i pa fwydydd mae Caradog yn eu hoffi, er mwyn i fi gael paratoi ar ei gyfer. Wyt ti'n meddwl y medri di wneud hynny?'

'Gallaf,' atebodd Morcant, a chochi er ei waetha.

'Gall siŵr,' meddai Gronw'n llon. A chan daflu winc fach rybuddiol at Morcant, brysiodd at y drws lle roedd Docca yn disgwyl amdano.

Gwrandawodd Morcant ar lais serchog Gronw'n toddi i'r pellter. Safai'r frenhines yn dawel yn ei ymyl a'i hanadl felys yn suo ar ei foch. O'r diwedd magodd ddigon o hyder i droi tuag ati, gan feddwl canmol ei chaer a'i chroeso.

Ond tagodd y geiriau unwaith eto yn ei wddw, wrth i'r haul dasgu oddi ar y tlws mawr ar ei hysgwydd.

Ar y tlws roedd pig finiog a llygad fileinig.

Llygad eryr aur.

11.

Gwenodd y frenhines yn ddireidus a'i dynnu'n nes.

'Paid â phoeni,' sibrydodd yn ei glust.

'Be?' Cochodd Morcant yn waeth fyth.

'Mae gynnon ni'r Brigantiaid eryrod hefyd,' meddai Cartimandwa. 'Rwyt ti wedi'u gweld nhw'n hedfan uwchben ein creigiau, yn dwyt?'

Nodiodd Morcant yn gwta.

'Felly eryr Brythonig yw hwn,' meddai'r frenhines gan gyffwrdd â'r tlws ar ei hysgwydd. 'Paid â dychryn.'

'Dwi ddim!' protestiodd y bachgen.

'Na, na, dwyt ti ddim,' meddai Cartimandwa'n gysurlon, a'i dynnu o olau'r haul i gysgodion cynnes yr adeilad. 'Rwyt ti'n filwr dewr ym myddin Caradog.'

'Fe ymladdes i yn y Frwydr Fawr,' meddai Morcant.

'A, y Frwydr Fawr!' ochneidiodd y frenhines. 'Mi wnest dy orau, dwi'n siŵr, dywysog bach.'

'Dwi ddim yn dywysog,' atebodd Morcant.

Gwasgodd y frenhines ei fraich.

'Dwyt ti ddim yn dywysog?' gofynnodd, a chraffu i'w wyneb.

'Na.'

'Dwyt ti ddim yn fab i Caradog?'

'Na,' meddai Morcant.

'Ond rwyt ti'n ifanc.'

'Pedair ar ddeg.'

'A pham byddai Caradog yn dod â bachgen pedair ar ddeg yr holl ffordd i wlad y Brigantiaid?' gofynnodd Cartimandwa, a'i llais yn caledu.

'Fi ddewisodd ddod.'

'Ti!' Rhoddodd y frenhines ei bys dan ei ên a'i orfodi i syllu i fyw ei llygaid glas. 'Paid â thwyllo dy hun,' meddai. 'Brenhinoedd sy'n gwneud dewisiadau. Brenhinoedd a breninesau. Am ryw reswm, mae Caradog wedi dy ddewis di. Pam?'

'Achubodd Caradog fi ar ôl i'r Rhufeiniaid ladd fy rhieni,' atebodd Morcant, 'a ...'

'A, wela i!' Chwarddodd Cartimandwa a gollwng ei gafael. 'Rwyt ti wedi'i ddilyn byth oddi ar hynny fel ci bach ffyddlon.'

'Dwi wedi'i ddilyn fel rhyfelwr!' mynnodd Morcant yn ddig.

'Wyt, wyt. Wrth gwrs dy fod ti.' Edrychodd y frenhines dros ei ysgwydd.

Roedd rhywrai'n symud y tu ôl iddo, ond safodd Morcant yn gadarn a'i lygaid ar y frenhines. Ddwedodd Cartimandwa 'run gair nes i'r sŵn ddistewi.

'Wel, ryfelwr bach,' meddai gan droi tuag ato a'i gwên fel haul ar rew. 'Aros di fan hyn, nes i Caradog a'r tri arall gyrraedd. Mi a' innau i baratoi croeso Brigantaidd ar eu cyfer. Eistedd wrth y bwrdd ac mi ddaw'r gwas â diod i ti. Tyrd. Paid â bod yn swil.' Hysiodd e tuag at y fainc agosaf, ac ar ôl iddo eistedd, brysiodd o'r neuadd gan adael ei chysgod coch yn hofran yn yr awyr.

Gwasgodd Morcant ei ddwylo dros ei lygaid nes i'r cysgod ddiflannu. Roedd hi'n boeth ac yn drymaidd yn y neuadd, ac aroglau dierth yn cosi'i drwyn. Roedd hi'n dawel hefyd. Yr unig sŵn i'w glywed oedd llygoden fach yn crafu, a'r fainc yn gwichian oddi tano.

Meddyliodd am bentre'r Silwriaid, lleisiau plant yn chwarae, Ria'n clecian ei llestri, Silyn yn cwyno am yr Ordoficiaid. Gwenodd Morcant. Pobl glên oedd yr Ordoficiaid. Roedd wedi mwynhau'r ddwy flynedd yn eu cwmni. Ond am y Brigantiaid ... Wel, doedd e ddim wedi cael cyfle i ddod i'w nabod eto.

Rhwbiodd Morcant ei ên ar ei ysgwydd a gwylio llinyn o olau haul yn codi fel mwg o big y lamp glai ym mhen pella'r bwrdd. Troellai gronynnau o lwch yn y mwg. Pesychodd, ac o gil ei lygad gwelodd fymryn o gysgod yn crynu ar yr ochr chwith i'r drws. Trodd yn ddisgwylgar, gan feddwl bod y gwas yn dod â'r ddiod iddo.

Ddaeth neb i'r golwg.

Pan grynodd y cysgod am yr eildro, cododd Morcant yn ddistaw bach a chripian dros y llawr. Gwthiodd ei ben drwy'r drws, a gweld Docca'n sefyll wrth y wal â'i gefn tuag ato.

Trodd y Brigantwr a rhoi naid.

'Ble wyt ti'n mynd?' cyfarthodd, a'i law'n gwibio at garn ei gleddyf.

'Dod i siarad â ti,' meddai Morcant yn serchog. 'Mae'n dawel ar fy mhen fy hun.'

'Tawel?' snwffiodd Docca. 'Dos yn ôl. Mi gei di gwmni'r pedwar arall toc.'

Cleciodd calon y bachgen. 'Be?' sibrydodd.

Pwysodd Docca tuag ato. 'Mae dy ffrindiau ar eu ffordd,' ynganodd yn araf yn ei acen Frigantaidd. 'Caradog a'r lleill. Wyt ti'n deall?'

'Ydw,' atebodd Morcant yn frysiog.

Ond doedd e ddim yn deall o gwbl. Rhedai chwys oer i lawr ei gefn.

Sut oedd Docca'n gwybod yn union faint o ddynion oedd gan Caradog? Oedd Gronw wedi dweud wrtho ar y ffordd i nôl ei geffyl? Falle, wir. Ond pwy oedd wedi dweud wrth Cartimandwa? Cofiodd fod hithau wedi sôn am 'Caradog a'r tri arall', heb iddo fe na Gronw ddweud gair. Roedd y frenhines yn gwybod bod Caradog ar ei ffordd, felly. Roedd hi'n gwybod ers tro, ac eto doedd hi ddim wedi brysio i groesawu brenin y Catwfelawniaid.

Trawyd Morcant gan bwl arall o beswch, a'r tro hwn fe blygodd yn ei ddyblau a gwneud sŵn tagu.

'Be sy rŵan?' ochneidiodd y Brigantwr.

'Poen bol!' Herciodd Morcant gam neu ddau tuag at y bwrdd.

'Paid â thaflu i fyny yn neuadd y frenhines. Dos at y ffos. Dos at y ffos!' gwaeddodd Docca.

'Rrr ... yyyy!' Simsanodd Morcant heibio'r Brigantwr, a chyn i Docca gael cyfle i afael ynddo, diflannodd i gefn yr adeilad a dechrau rhedeg nerth ei draed.

'Hoi!' Clywodd ru gwyllt y tu ôl iddo a sŵn rhywrai'n symud rhwng y tai. Roedd 'na bobl yn y fryngaer wedi'r cyfan.

'Daliwch o!' gwaeddodd Docca'n groch. 'Carcharor ar ffo!'

Carcharor! Felly roedd Cartimandwa'n eu twyllo, a Caradog mewn perygl! Clywodd Morcant sŵn traed yn rhedeg tuag ato. Plymiodd drwy ddrws un o'r tai gwag.

'Chwiliwch y tai! Chwiliwch ym mhobman!' gwaeddai Docca.

Dringodd Morcant un o'r polion oedd yn dal to'r tŷ a gorwedd ar draws y trawstiau. Daliodd ei wynt wrth i'r pren wichian yn groch. Roedd y traed yn dod yn nes. Drwy gil ei lygaid gwelodd Frigantwr yn brathu'i ben drwy'r drws ac yn craffu o'i gwmpas. Yna'r unig sŵn i'w glywed oedd ei galon ei hun yn morthwylio drwy'r pren. Suodd ei anadl drwy'i ddannedd. Roedd y rhyfelwr wedi mynd, heb edrych tua'r to.

Roedd y fryngaer gyfan wedi deffro erbyn hyn, a'r ddaear yn crynu dan draed rhyfelwyr. Roedd Cartimandwa wedi cuddio'i dynion. Roedd hi wedi cynllwynio i ddal Caradog. Cododd Morcant yn ofalus ar ei draed. Cydiodd yng ngwellt y to i'w sadio'i hun. Rhwygodd peth o'r gwellt dan ei law a phitran-patran i'r llawr. Oedodd am eiliad a gwrando, cyn tynnu'i gleddyf, torri twll yn y gwellt a gwthio'i ben drwyddo.

Blinciodd yng ngolau'r haul, a throi orau gallai nes gweld y cwm yn ymestyn islaw. Symudai pedwar marchog yn sionc tuag at y gaer. Cododd Morcant ei gleddyf hyd braich fel bod y llafn yn dal yr haul. Gwelodd bedwar wyneb yn troi tuag ato wrth i'w gleddyf ddisgleirio fel yr eryr aur.

Arafodd Caradog a'r Ordoficiaid. Pwyntiodd Morcant y cleddyf tua'r de. Daliodd ati i bwyntio yn ôl ac ymlaen a'r cleddyf yn fflachio yn ei law. Erbyn hyn, roedd

Caradog wedi sefyll yn stond. Cododd Morcant y cleddyf yn syth a chwpanu'i law chwith am ei geg.

'Brad!' gwaeddodd. 'Braaa ....'

Diflannodd y trawst dan ei draed. Rhwygodd gwellt y to ei fochau. Roedd e'n syrthio drwy'r awyr. Llithrodd ei gleddyf o'i law a disgynnodd yntau'n glep yng nghanol lludw tân. Chwythodd y lludw i'w geg. Tagodd a thrwy'r niwl gwelodd fflach cleddyf a chlywed llais croch Docca.

'Mi ladda i o nawr!'

'Na!' Nofiai wyneb Cartimandwa uwch ei ben. 'Na, llusga fo i'r neuadd,' meddai'r frenhines. 'Mae'r cenau bach yn fwy gwerthfawr yn fyw.' Chwarddodd a throi ar ei sawdl.

Cyn i Morcant gael cyfle i godi'i gleddyf, roedd Docca wedi'i gipio, wedi gafael yn giaidd yn ei fraich a'i lusgo tuag at y neuadd. Pan hyrddiwyd e drwy'r drws, gwelodd fflam go iawn yn codi o'r lamp ar y bwrdd. Dawnsiai'r golau ar wynebau gwawdlyd y rhyfelwyr oedd yn sefyll o'i chwmpas.

Dim ots gen i, meddyliodd Morcant. *Fe gewch chi chwerthin faint fynnoch chi. Mae Caradog yn ddiogel.* Os oedd ei frenin wedi deall y neges, byddai hanner ffordd i lawr y cwm erbyn hyn, ac yn dianc, fel y dihangodd sawl gwaith o'r blaen.

Snwffiodd Morcant yn chwyrn wrth syllu ar y lamp.

Lamp Rufeinig oedd hi. Roedd Caradog wedi dweud lawer gwaith fod rhai o'r Brythoniaid wedi dewis cydweithio â'r gelyn, ond doedd e erioed wedi cwrdd â neb o'r fath o'r blaen. Bradwyr! Cachgwn! Cododd ei ên. Roedd e'n falch o fod yn Silwriad. Doedd y Silwriaid erioed wedi plygu glin i neb.

Pan glywodd lais Cartimandwa'n nesáu, trodd tuag ati, gan feddwl dweud, 'Ti'n fy ngalw i'n gi bach. Ti yw'r ci bach, sy'n fodlon llyfu llaw'r gelyn. Ti, nid fi!' Ond llyncodd mewn dychryn. Yn ymyl Cartimandwa cerddai Caradog.

'Caradog!' llefodd. 'Caradog! Rhed! Mae hi'n ....!'

Trawyd Morcant i'r llawr gan Docca. Gwaeddodd Caradog a rhedeg tuag ato. Ond ar unwaith rhuthrodd rhyfelwyr y Brigantiaid o'r cysgodion a gafael yn y brenin.

'Deg yn erbyn un, felly!' gwaeddodd Caradog. 'Deg yn erbyn un! Pwy feddyliai fod y Brigantiaid mor llwfr? Yn llwfr, ac wedi gwerthu'u hunain i'r Rhufeiniaid!'

'Does neb wedi cael ei werthu eto!' poerodd Cartimandwa, a'i llygaid yn fflachio. 'Dim eto! Ti fydd y cyntaf.'

'Yn dyw gwaed y Brythoniaid yn rhedeg drwy dy wythiennau?' rhuodd Caradog. 'Yn doedd dy gyndeidiau wedi ymladd yn erbyn Iŵl Cesar a gyrru'r Rhufeiniaid i ffwrdd? Rwyt ti'n eu bradychu!'

'Caewch ei geg o,' hisiodd Cartimandwa drwy'i dannedd.

'Rwyt ti wedi dewis bod yn forwyn fach yn lle ...'

'CAEWCH EI GEG!' rhuodd Cartimandwa.

Tynnodd un o'r rhyfelwyr ei gyllell.

'Na, nid fel'na!' Tynnodd Cartimandwa ei gwregys oddi am ei chanol, a'i estyn i'r Brigantwr. 'Clyma hwn am ei geg.' Safodd a'i breichiau ymhleth a gwylio'r rhyfelwr yn clymu'r gwregys. 'Dyna ni!' meddai, gan droi at Morcant a chyffwrdd ag e â blaen ei throed. 'Cwyd, hogyn. Dos. Mi gei di a'r dynion eraill fynd yn rhydd.'

'Na!' Trodd Morcant at Caradog.

'Fedr o ddim dy ateb di. O'r diwedd mae llais Caradog wedi'i ddistewi. Fedr o ddim dweud gair,' chwarddodd y frenhines yn wawdlyd.

'Ond fe alla i!' Neidiodd Morcant ar ei draed. 'Ti yw'r ci bach,' meddai. 'Ci bach y Rhufeiniaid.' Gwaeddodd wrth i Cartimandwa ei daro ar draws ei foch. 'Dwi'n edmygu Caradog,' bloeddiodd yn ei hwyneb. 'Dyna pam dwi'n ei ddilyn. A dyna pam y bydda i'n ei ddilyn am byth.'

'Yn ei ddilyn i ddistryw! Dwyt ti'n deall dim.' Trodd Cartimandwa ar ei sawdl. 'Taflwch o i'r carchar efo'i feistr,' poerodd dros ei hysgwydd. 'A rhowch o'n anrheg i'r Rhufeiniaid yn y bore.'

Roedd dathlu mawr yng nghaer y Brigantiaid y noson honno – lleisiau croch yn canu, pibau'n seinio, a rhyfelwyr yn curo'u tarianau. Atseiniai'r sŵn drwy waliau cerrig y cwt lle taflwyd Morcant a'i frenin.

Roedd y gwregys wedi'i dynnu oddi ar geg Caradog, ond roedd Cartimandwa wedi bygwth lladd Gronw, Math a Selyf pe bai e'n meiddio siarad â'i warchodwyr na chodi'i lais. Roedd y tri Ordoficiad yn garcharorion mewn rhan arall o'r gaer, ac roedd Cartimandwa wedi addo'u rhyddhau, cyn gynted ag y byddai wedi trosglwyddo Caradog i ddwylo'r Rhufeiniaid.

'Cer atyn nhw,' meddai'r brenin yn daer wrth Morcant. 'Er fy mwyn i, dwed wrth y frenhines dy fod wedi newid dy feddwl. Fe fydd hi'n ddigon parod i dy ollwng di'n rhydd.'

Ysgydwodd Morcant ei ben.

Roedd Cartimandwa wedi'i ddefnyddio fel abwyd i dynnu Caradog i'r gaer. Roedd e'n deall hynny nawr. Dyna pam roedd hi wedi gofyn a oedd e'n fab i'r brenin. Ond mab neu beidio, roedd Caradog wedi gwrthod dianc, er iddo ddeall neges y cleddyf drwy'r to, ac wedi dod i'r gaer gan feddwl perswadio Cartimandwa i'w ryddhau.

'Na,' meddai Morcant wrth ei frenin. 'Dwi'n dod gyda ti bob cam ...'

I Rufain

12.

Roedd hi'n daith hir.

Ers wythnosau roedd Morcant wedi teithio gyda'i frenin a'i deulu ymhell o'i wlad. Roedd wedi hwylio dros fôr stormus a dilyn hewlydd maith. Ar hyd y daith roedd y byd o'i gwmpas wedi newid yn raddol, yn union fel y newidiai lliw gwlân pan oedd Ria'n ei drochi mewn sudd. Roedd yr awyr wedi troi'n lasach, yr haul yn fwy tanbaid, y pridd yn fwy cras a'r blodau'n fwy llachar na brethyn gorau'r Silwriaid.

Roedden nhw ar ei ffordd i Rufain, lle roedd yr ymerawdwr ei hun am ddod wyneb yn wyneb â'r carcharor enwog, Caradog. Roedd y daith yn hir ac eto'n rhy fyr. Yn Rhufain byddai'r ymerawdwr yn dial ar y brenin fu'n ymladd mor ddewr ac mor ddygn yn erbyn ei fyddinoedd. Roedd yr ymerawdwr bob amser yn dial ar ei elynion.

Felly un prynhawn, pan ddeffrwyd Morcant gan waedd gyffrous o 'Roma! Roma!' teimlodd law Cata yn gwasgu ei law. Eisteddai Cata yn ei ymyl yn y gert oedd yn eu cludo i'r ddinas. Roedd pen Banna'n pwyso ar ysgwydd arall ei mam a'i llygaid gofidus wedi'u hoelio ar ei thad.

Eisteddai Caradog ym mhen blaen y gert, a'i gefn tuag atyn nhw, yn gwylio'r ddinas wen yn codi o'u blaenau. Er bod cadwyni am ei draed, eisteddai fel brenin. Roedd yr hewl yn brysur a'r bobl a deithiai o gyfeiriad Rhufain yn syllu'n chwilfrydig ar y milwyr a'u carcharorion. 'Caratacws!' meddai un wrth y llall. 'Caratacws!'

Roedd pawb yn ei adnabod ac yn gwybod beth fyddai'i dynged – cael ei ddefrydu i farwolaeth gan yr ymerawdwr Clawdiws a'i ladd o flaen y dorf yng nghanol dathlu mawr.

Teimlodd Morcant gysgodion yn cau amdano. Roedd Rhufain fawr yn eu llyncu, y siopau, fel bwystfilod, yn agor eu cegau i arddangos nwyddau moethus, a haid o bobl yn eu tiwnigau llaes lliwgar yn gwasgu yn erbyn y gert gan chwerthin a ph'arablu ar draws ei gilydd. Uwchben disgleiriai'r haul yn stribedi ar dai uchel, ar fwâu a cherfluniau, ar bileri yn estyn i'r cymylau.

Cuddiodd Cata'i llygaid, ond clywodd Morcant lais ei frenin yn atseinio. 'Edrychwch ar y cyfoeth sy gyda chi, Rufeiniaid,' taranodd Caradog wrth y canwriad yn ei ymyl. 'Pam oedd raid i chi ddod dros y môr i ddwyn ein cytiau llwm ni?'

'Pam oedd raid i ti eu hamddiffyn nhw?' oedd sylw smala'r canwriad.

'Am mai cartrefi ein pobl ni ydyn nhw,' atebodd Caradog. 'Dyna pam.'

Y noson honno, ar ei ben ei hun mewn cell, caeodd Morcant ei lygaid a chan wasgu'r eryr pren ar ei wregys, hedfanodd yn ôl i wlad y Silwriaid. Breuddwydiodd ei fod yn cydio yn llaw ei frawd bach ac yn mynd ag e i weld Silyn Gloff. Breuddwydiodd fod Silyn yn galw ei enw, ond pan agorodd ei lygaid, roedd haul Rhufain yn llifo i'w gell a milwr yn sefyll uwch ei ben.

'Cwyd!' Cydiodd y milwr yn ei fraich, ei lusgo ar ei draed a'i wthio allan i'r iard o flaen y carchar. Yno safai Caradog, Cata a Banna, a milwyr yn eu hamgylchynu. Roedd gan bob milwr waywffon a chleddyf a tharian. Doedd gan Caradog ddim arf o gwbl, ond wynebai ei elynion yn ddi-ofn.

Teimlodd y bachgen lwmp yn ei wddw. Roedd y milwyr am fynd â nhw yn syth at Clawdiws.

Wrth i'r orymdaith fynd ar hyd y stryd, gwaeddai'r bobl 'Caratacws! Caratacws!' gan syllu'n gegagored ar y carcharor dewr.

Closiodd Morcant at Cata a Banna. Cerddai'r tri ychydig gamau y tu ôl i Caradog, a'r dorf yn eu dilyn. Er i

Cata wneud ei gorau i gerdded fel brenhines, roedd ei chroen yn welw dan y lliw haul. Cerddai Banna hithau a'i thrwyn yn yr awyr, ond roedd ei chorff i gyd yn crynu, ac weithiau, wrth simsanu, fe drawai yn erbyn Morcant. Pan arafodd y milwyr, cydiodd yn ei fraich a'i gwasgu'n dynn.

O'u blaen codai bwa hardd a phelydrau'r haul yn cosi'i gerfluniau cain. Edrychai fel newydd, am mai newydd oedd e. Hwn oedd y bwa a godwyd i ddathlu buddugoliaeth y Rhufeiniaid dros Caradog a'i bobl. Ar lwyfan oddi tano eisteddai dyn a welsai Morcant ganwaith ar ddarnau arian y gelyn: yr ymerawdwr Clawdiws ei hun, ei wallt arian yn gorwedd yn rhesog ar ei dalcen a gwên ddirmygus ar ei wefusau main.

Gorymdeithiai rhes o garcharorion o flaen y llwyfan. Wrth i glecian eu cadwyni ddistewi, lledodd y wên a phwyntiodd yr ymerawdwr at y llawr wrth ei draed.

'Dewch â'r Brython yma!' gorchmynnodd, heb edrych ar Caradog.

'Fe ddo i fy hun,' atebodd Caradog, a chan gamu o afael ei warchodwyr cerddodd yn gefnsyth at yr ymerawdwr a hoelio'i lygaid arno.

'Rwyt ti'n bowld iawn, Frython,' rhygnodd Clawdiws o'r diwedd.

'Dwi'n frenin,' atebodd y carcharor.

'Mi oeddet ti unwaith.' Llithrodd llygaid gwawdlyd yr ymerawdwr dros wyneb ei elyn pennaf.

'Dwi'n frenin o hyd,' mynnodd Caradog. 'Oni bai fy mod i'n frenin, fyddet ti ddim wedi fy nghludo i Rufain.'

'Rwyt ti yma yn Rhufain am dy fod wedi mynnu ymladd yn fy erbyn am flynyddoedd maith,' atebodd Clawdiws yn swta.

'Fe ymladdais dros fy ngwlad,' mynnodd Caradog. 'Roedd gen i ddynion a thiroedd a chyfoeth mawr. Sut gallwn i beidio'u hamddiffyn?'

'Yn hawdd! Mae llawer o frenhinoedd y Brythoniaid wedi cytuno i gydweithio â ni.'

'Cydweithio?' Chwarddodd Caradog. 'Na! Mae pob brenin sy wedi ildio i ti yn was bach. Fe wyddost ti hynny'n iawn. A dwi ddim am fod yn was bach. Dyn rhydd ydw i, Clawdiws. Dylet ti o bawb ddeall hynny.'

Syllodd Morcant ar ei frenin yn llawn balchder. Doedd neb tebyg i Caradog. Dylai Silyn Gloff a phob Brython glywed am hyn – fod Caradog wedi meiddio herio ymerawdwr Rhufain. Ond pwy fyddai'n dweud wrthyn nhw?

Roedd yr ymerawdwr wedi pwyso'n ôl yn ei gadair ac yn gwylio'i garcharor â llygaid cul.

'Dwi yma o dy flaen di,' meddai Caradog, 'am fy mod wedi brwydro'n hir ac yn chwyrn i amddiffyn fy nhiroedd a'm pobl. Petawn i heb wneud hynny, fyddet ti erioed wedi clywed amdana i.'

Cododd Clawdiws ei ysgwyddau.

'Ond fe gollais. A nawr mae gen ti'r hawl i'm dedfrydu i farwolaeth.'

'Oes,' meddai'r ymerawdwr â gwên bryfoclyd. 'Rwyt ti'n cyfaddef hynny, felly?'

'Ydw,' atebodd Caradog. 'Ond does dim rhaid i ti ddefnyddio'r hawl.'

'Nac oes?' Cododd yr ymerawdwr ei aeliau.

'Nac oes,' aeth Caradog yn ei flaen. 'Dangos dy fod yn deall, Clawdiws. Deall fod pobl eraill yn caru rhyddid. Dangos dy fod yn wahanol am unwaith. Fe fydd pobl yn cofio hynny. Gollwng fi a'm teulu yn rhydd.'

Rhedodd si o syndod drwy'r dorf fawr. Eisteddai Clawdiws yn hollol lonydd, a'i lygaid wedi'u hoelio ar Caradog.

'Un mentrus wyt ti, Frython,' meddai'r ymerawdwr wedi saib hir, 'ac un siaradus mewn unrhyw iaith. Na!' Cododd ei fys i dawelu Caradog. 'Gwranda am unwaith.' Llygadodd ei garcharor yn ofalus. 'Ers blynyddoedd rwyt ti wedi bod yn rhy fentrus er dy les dy hun. Rwyt ti wedi'n herio a'n herio a'n herio ni'r Rhufeiniaid. Mae pawb wedi clywed am Caratacws y Brython balch. Felly ...' Gyda bloedd o chwerthin, cododd yr ymerawdwr ar ei draed.

'Mi wna i dy ryddhau di a dy deulu ...'

Ochneidiodd pawb, Rhufeiniaid a Brythoniaid fel ei gilydd.

'... ar un amod.' Pwysodd yr ymerawdwr tuag at Caradog. 'Chei di a dy deulu byth adael Rhufain. Dim byth. Dyma'ch cartref o hyn allan.' Gwenodd yn fodlon a throi ar ei sawdl. 'Rhyddhewch y carcharorion!' galwodd dros ei ysgwydd.

Cyn i neb arall symud, rhuthrodd Morcant at Caradog. Allai e ddim dioddef gweld y boen yn llygaid ei frenin.

'Dwi ddim yn un o'r teulu go iawn,' sibrydodd. 'Does dim rhaid i fi aros yma, Caradog. Fe a' i'n ôl i dir y Brythoniaid. Fe a' i!'

* * *

Ymlaen!

13.

Roedd y milwr bron â chyrraedd pen ei daith. Pwniodd yr awyr wrth farchogaeth dros ael y bryn a gweld gwlad y Silwriaid yn ymestyn islaw. Roedd wedi breuddwydio ers wyth mlynedd am y diwrnod hwn.

Bedwar diwrnod yn gynharach, yng nghanol nos, roedd wedi dianc o gaer y gelyn â sach ar ei gefn. Roedd wedi dwyn ceffyl a marchogaeth ar garlam gan ddisgwyl clywed bloeddiadau croch yn ei glustiau. Ond doedd neb wedi'i ddilyn. Roedd wedi cysgu yn y coed liw dydd a marchogaeth dan y lleuad lawn. Nawr, wrth i'r wawr dorri dros wlad y Silwriaid, gwaeddodd yn llon ac anelu am lwybr oedd yn arwain drwy'r coed.

Welodd e mo'r llygaid yn ei wylio, na chlywed y garreg yn siffrwd drwy'r dail. Ond clywodd y glec pan drawodd hi wddw'i geffyl, a'r sgrech o boen wrth i'r ceffyl droi ar ei ddwygoes, ei daflu o'r cyfrwy a dianc ar garlam i fyny'r bryn.

Disgynnodd y milwr yn drwm. Rholiodd ar ei gefn.

'Daliwch e!' gwaeddodd ar y ddau fachgen oedd yn

rhedeg tuag ato â chatapyltau yn eu dwylo. 'Daliwch y ceffyl!'

'Mae'n well gyda ni dy ddal di, Rufeiniwr!' chwarddodd y talaf o'r ddau, gan ei wthio ar ei gefn a phlycio'i gleddyf o'i wain.

'Dwi ddim yn Rhuf—!' Tagodd y milwr wrth i droed fain ddisgyn ar ei frest. 'Dwi'n Silwriad.'

'Silwriad sy hefyd yn fradwr!'

'Na!' Cododd y milwr ar ei eistedd yn sydyn a hyrddio'i ymosodwr i'r llawr. Disgynnodd y bachgen yn erbyn ei ffrind a llithrodd y cleddyf o'i afael. Cyn i'r bechgyn allu symud, roedd y milwr wedi codi'r cleddyf ac yn sefyll uwch eu pennau. 'Tyn dy diwnig a dy sandalau,' chwyrnodd wrth y bachgen talaf.

Gwibiodd llaw'r bachgen tuag at ei wregys.

Ar unwaith plymiodd blaen y cleddyf drwy ymyl ei lawes a'i hoelio i'r llawr.

'Paid ti â symud!' rhuodd y milwr. 'Na tithau chwaith!' meddai wrth y bachgen bach. 'Neu fe fydd eich pennau ar bolion y tu allan i'ch pentre cyn nos.' Plygodd yn gyflym a chipio'r cyllyll o wregysau'r ddau. Cymerodd gam yn ôl. 'Nawr taflwch eich catapyltau ar y llawr wrth fy nhraed. A'ch sachau cerrig.'

Glaniodd y catapyltau a'r cerrig yn un pentwr.

'Beth yw eich enwau?' gofynnodd y milwr yn gras.

'Brân,' meddai'r talaf.

'Mabon,' meddai'r llall.

'Dau frawd?' gofynnodd y milwr.

Nodiodd Brân, a meddalodd wyneb y milwr am eiliad. Yna gwgodd. 'Tyn dy diwnig a dy sandalau a rho nhw i fi.'

Tynnodd Brân ei diwnig a'i hestyn i'r milwr, gan wneud ei orau i beidio â chrynu yn yr awel fain. Yn ei ymyl swatiai'i frawd, ei freichiau wedi'u lapio'n dynn am ei gorff a'i lygaid yn llawn casineb.

'A dy sandalau.'

Tynnodd Brân ei sandalau a'u cicio'n surbwch tuag at y milwr.

Ffliciodd y milwr ei gleddyf. 'Codwch,' meddai, 'a cherdded i fyny'r bryn. Daliwch i gerdded nes cyrraedd copa'r bryn gyferbyn. Os dewch chi'n ôl cyn hynny fe fydda i'n disgwyl amdanoch chi.'

Cododd y ddau fachgen a stelcian i ffwrdd. Ar ôl ychydig gamau edrychodd Brân dros ei ysgwydd a neidio wrth weld y milwr yn ei wylio a chatapwlt yn ei law. Tasgodd carreg tuag ato a chydiodd Brân yn llawes ei frawd a'i dynnu ar ras i fyny'r rhiw.

Gwenodd y milwr wrth i'r ddau ddiflannu o'i olwg. Siawns y bydden nhw'n ôl cyn pen dim. Edrychodd o'i gwmpas. Roedd y cnafon bach wedi dychryn ei geffyl.

Ystyriodd fynd i chwilio am yr anifail ar unwaith. Ond roedd y pentref mor agos. Yn y pentref fe gâi help. Felly tynnodd ei diwnig goch Rufeinig a llusgo'r diwnig Silwraidd dros ei ben orau gallai. Tynnodd ei sandalau hefyd a gwthio'i draed i sandalau'r bachgen. Rhedodd cryndod drwyddo wrth deimlo'r lledr cyfarwydd, a chymerodd anadl ddofn cyn rhedeg yn ei flaen tua'r coed.

Yr ochr draw i'r coed roedd mwg yn codi. Rhedodd yn gynt. Ar waetha'r sandalau tyn, neidiai fel ewig tua'r pentref. Rhedai mor gyflym nes bod y brain yn codi gan grawcian o'r coed, y ffermwyr yn y caeau yn codi'u pennau ac yn craffu'n syn, a'r gwragedd yn oedi wrth eu gwaith.

Erbyn i'r milwr gyrraedd y ffos oedd yn amgylchynu'r pentref, roedd dau ryfelwr yn brasgamu tuag ato. Rhythai'r ddau ar ei wallt, ar ei diwnig, ar y sandalau'n disgyn oddi ar ei draed, ac ar y cleddyf yn hongian wrth ei wregys.

'Morcant ydw i,' gwaeddodd y milwr. 'Morc—!'

'Rhufeiniwr!' chwyrnodd un o'r rhyfelwyr ar ei draws.

'Ie, Rhufeiniwr yw e, Cynbel!' meddai'r llall yn groch.

Brysiodd y bobl o'u tai.

'Ysbïwr!' Fflachiodd llafn cleddyf.

'Silwriad ydw i!' chwarddodd y milwr. 'Edrychwch! Ydw i'n edrych fel Rhufeiniwr?'

'Wyt!' sgyrnygodd Cynbel. 'Mae gen ti groen Rhufeiniwr. Mae gen ti wallt Rhufeiniwr. Mae gen ti gleddyf Rhufeiniwr. Ac rwyt ti'n arogli fel Rhufeiniwr. Pach!' Poerodd ar y llawr.

'Ond ro'n i'n byw yn y pentre hwn unwaith,' meddai'r milwr a syllu'n eiddgar ar y bobl oedd yn tyrru o'i gwmpas. 'Oes rhywun yn cofio Morcant? Morcant bach?'

Syllodd rhes o wynebau dierth yn ôl arno. Trodd y milwr yn ddryslyd at Cynbel a'r chwys yn rhedeg dros ei dalcen.

'Sut gallen ni gofio, Rufeiniwr?' atebodd Cynbel â gwên greulon. 'Fe ddinistriwyd y pentre hwn gan dy bobl di yn fuan ar ôl y Frwydr Fawr. Collodd llawer o'r dynion eu bywydau yn y frwydr, ond doedd hynny ddim yn ddigon i chi'r Rhufeiniaid. Roeddech chi eisiau'n dileu'r Silwriaid oddi ar wyneb y ddaear. Fe losgoch chi'r pentre.'

Gwelwodd Morcant. 'A beth ddigwyddodd i'r bobl oedd yn byw yma?'

'Beth wyt ti'n feddwl ddigwyddodd iddyn nhw?' gwaeddodd gwraig. 'Beth sy fel arfer yn digwydd i ni'r Silwriaid pan fydd y Rhufeiniaid yn dial?' Cydiodd ym mraich y plentyn oedd yn sefyll yn ei hymyl. 'Fe gollodd Alauna ei mam a'i thad a'i brodyr.'

Ysgydwodd y ferch fach ei gwallt o'i llygaid a syllu'n chwilfrydig ar Morcant.

'Rydyn ni wedi brwydro i ailgodi'r pentre hwn,' chwyrnodd Cynbel. 'A chei di a dy ffrindiau mo'i ddinistrio eto. Na dinistrio teulu neb.'

'Na!' Cododd y Silwriaid eu dyrnau.

Gafaelodd y rhyfelwr yn ngwddw tiwnig Morcant a chodi'i gleddyf.

Gwthiodd Morcant ei benelin i'w fol. 'Dwi ddim yn fradwr!' gwaeddodd. 'Dwi wedi ymladd gyda'r brenin Caradog.'

'Y brenin Caradog!' Rhedodd si drwy'r dorf.

Crynodd y cleddyf yn llaw Cynbel.

'Paid ti â meiddio dweud enw'r brenin Caradog,' meddai yn wyneb Morcant. 'Caradog oedd y brenin gorau a fu erioed. Ac oni bai am bobl fel ti, byddai'n dal yn fyw.'

'Mae e yn fyw!'

'Caradog?' Llaciodd Cynbel ei afael, a throi'n gegagored i gyfeiriad y coed. Roedd ceffyl yn anelu am y pentref a churiad ei garnau'n atseinio drwy'r pridd. Trodd y Silwriaid i gyd yn llawn cyffro, gan ddisgwyl gweld eu brenin yn dod yn ei ôl.

'Mae e'n fyw, ond yn Rhufain!' galwodd Morcant.

'A!' ochneidiodd y pentrefwyr ar ei draws, heb glywed gair o'i ateb. Roedd y ceffyl wedi dod i'r golwg a dau fachgen ar ei gefn. 'Twyllwr!' gwaeddon nhw gan sgyrnygu ar Morcant. 'Lladda fe, Cynbel!'

'Na!' llefodd llais main.

Snwffiodd Cynbel yn ddiamynedd. Roedd Alauna wedi rhedeg tuag ato ac yn gafael yn ei lawes.

'Alauna! Be sy arnat ti?' rhuodd y rhyfelwr a cheisio'i hysgwyd i ffwrdd.

'Dwedodd Tad-cu ...' meddai Alauna, ond boddwyd ei llais gan sŵn carnau a gweiddi croch.

'Symudwch! Symudwch!'

Edrychodd Cynbel dros ei ysgwydd. Roedd y ceffyl yn anelu'n syth amdano, a'r bechgyn ar ei gefn yn gweiddi nerth esgyrn eu pennau. Neidiodd Cynbel o'r ffordd gan daro'n erbyn Morcant a thynnu Alauna gydag e.

Rhedodd pawb arall i gysgod eu cartrefi gan fytheirio a grwgnach, wrth i'r ceffyl garlamu heibio, Brân yn tynnu ar yr awenau a Mabon a'i freichiau am ganol ei frawd a'i lygaid ar gau. Er i Brân dynnu'i orau glas, roedd y sach a hongiai o'r cyfrwy yn taro ochr yr anifail fel chwip, ac yn ei yrru yn ei flaen. Wrth i'r ceffyl blymio o'r golwg rhwng y tai, daeth sŵn polion yn disgyn, a chlec a bloedd.

Erbyn i bawb fentro allan, roedd Brân yn rhedeg yn

ôl tuag atyn nhw, yn droednoeth, ac yn wên o glust i glust.

'Ry'n ni wedi dal ceffyl y Rhufeiniwr!' gwaeddodd. ''Drychwch! 'Drychwch!'

Daeth ei frawd i'r golwg, yn arwain y ceffyl stranciog.

'Ceffyl y Rhufeiniwr!' gwaeddodd Brân.

Ar unwaith diflannodd yr hwyliau drwg. Tyrrodd y pentrefwyr o gwmpas y ddau fachgen. Roedd hyd yn oed Cynbel a gwên ar ei wyneb ond craffai Morcant yn ofalus ar ei geffyl. Pan sylwodd fod Alauna'n dal i sefyll yn ei ymyl a'i llygaid bach disglair yn ei wylio, plygodd a sibrwd yn ei chlust. Syllodd y ferch arno a rhedeg i ffwrdd.

'Rufeiniwr!

Swagrai Brân ar draws yr iard a'r chwys yn disgleirio drwy'r llwch ar ei gorff main. Safodd o flaen Morcant.

'Dere â 'nhiwnig i'n ôl, Rufeiniwr,' meddai mewn llais dwfn. 'Dwi ddim eisiau i dy waed di'i baeddu.'

'Ie, rho'r diwnig yn ôl, y lleidr!' gwawdiodd y dorf.

Cododd Morcant ei lais. 'Fe gaiff Brân y diwnig,' meddai. 'Ond yn gynta dwi eisiau iddo roi'n ôl y peth mae wedi'i ddwyn oddi arna i.'

'Ein ceffyl ni yw e nawr!' Chwarddodd Cynbel, a rhoi hergwd i'w garcharor. 'Fydd dim eisiau ceffyl arnat ti byth mwy.'

'Dwi ddim eisiau'r ceffyl,' meddai Morcant a hoelio'i lygaid ar Brân. 'Dwi eisiau'r sach oedd ar gefn y ceffyl.'

'Sach?' Cododd Brân ei ysgwyddau, a syllu'n ôl yn hy.

'Pan farchogoch chi'ch dau heibio, roedd 'na sach yn hongian o'r cyfrwy, yn doedd?' Trodd Morcant at Mabon.

Cipedrychodd Mabon ar ei frawd mawr.

'Oedd 'na sach?' gofynnodd Cynbel.

'Roedd 'na ryw fath o sach,' atebodd Brân yn ddi-hid.

'Ac roeddech chi'ch dau'n bwriadu ei chadw, heb ddweud wrth neb, felly,' meddai Cynbel yn llym.

'Na.' Gwingodd Brân. 'Cwympodd hi i'r llawr, yn do fe, Mabon?'

Gwichiodd ei frawd yn ddiflas.

'Ewch i'w nôl hi!' gorchmynnodd Cynbel. 'Ewch i'w nôl hi nawr!'

Trodd Brân ar ei sawdl, ond ar ôl cam neu ddau, safodd yn stond. Roedd Alauna'n dod ar hyd y llwybr, y sach yn ei breichiau a'i llygaid wedi'u hoelio ar y carcharor. Symudodd Brân o'i ffordd, a thynnu ei frawd gydag e. Llonyddodd y dorf, a'i gwylio.

'Fydd dim angen sach arnat ti chwaith, Rufeiniwr,' chwyrnodd Cynbel wrth iddi nesáu. 'Ein sach ni yw hi nawr.'

'O leia gad i Alauna ddangos i bawb beth sy ynddi,' meddai Morcant.

Cipedrychodd Alauna ar Cynbel. Pan nodiodd y rhyfelwr, gollyngodd y sach ar lawr. Penliniodd yn ei hymyl, a dechrau plycio'r cwlwm tyn am ei gwddw. Rhedodd un o'r gwragedd i estyn cyllell iddi.

'Diolch,' sibrydodd Alauna, ac am eiliadau hir yr unig sŵn i'w glywed oedd y rhaff yn breuo dan lafn y gyllell.

Pan ddisgynnodd y rhaff i'r llawr, trodd y ferch at Morcant a chydag ochenaid fach hapus estynnodd ei dwy law i'r sach, llusgo rhywbeth allan a'i godi'n uchel.

Pelydrodd yr haul rhwng ei bysedd, a bloeddiodd y Silwriaid mewn syndod.

Yn nwylo Alauna roedd eryr aur.

14.

Hongiai'r eryr aur ar bolyn â'i ben i lawr. O'i gwmpas roedd y pentref yn llawn chwerthin a siarad. Roedd y Silwriaid newydd wrando ar Morcant yn dweud ei hanes.

Am hanes!

Nid bradwr oedd y dyn ifanc wedi'r cyfan. Roedd Morcant wedi ymuno â byddin y gelyn er mwyn cael cyfle i ddianc o Rufain bell, a dod â neges ryfeddol yn ôl i'w wlad. A'r neges oedd hon. Roedd y brenin Caradog yn fyw! Roedd wedi herio Clawdiws. Feiddiai'r ymerawdwr ei hun mo'i ladd!

Wrth i Morcant ailadrodd geiriau Caradog, roedd y dorf wedi cyffroi'n lân, a Cynbel wedi gweiddi, 'Ie, fel 'na oedd Caradog yn siarad! Fel 'na'n union! Roedd ei lais yn atseinio fel bwyell ar garreg. Wir i chi! Fe glywes i e unwaith a wna i fyth ei anghofio!'

O'r eiliad honno roedd Morcant yn arwr, ac yn Silwriad unwaith yn rhagor. Roedd pawb wedi tyrru ato i'w guro ar ei gefn a'i groesawu. A nawr roedden nhw'n brysur yn paratoi gwledd ar ei gyfer.

Er gwaetha'r croeso, roedd cysgod ar wyneb
Morcant. Wrth i'r pentrefwyr brysuro i ferwi cig a chrasu
bara, safai ar ei ben ei hun, ychydig o'r neilltu, yn
gwylio'r mwg yn codi o doeau'r tai ac yn gwynto'r
aroglau a chwythai drwy bob drws. Roedd wyth mlynedd
wedi mynd heibio ers iddo wynto cig a bara'r Silwriaid.
Wyth mlynedd ers iddo gael eryr pren yn anrheg.
Caeodd ei fysedd am yr eryr bach oedd yn dal i hongian
o'i wregys. Roedd yn falch o ddod adre. Ond fe ddaeth
adre'n rhy hwyr. Oni bai am y ferch fach, Alauna, fyddai
e ddim hyd yn oed wedi byw i ddweud ei hanes.

Roedd Morcant eisiau diolch iddi. Felly, pan welodd
Brân a'i ffrindiau yn rhedeg tuag ato, craffodd yn ofalus
ar bob wyneb llon, gan obeithio'i gweld.

'Morcant! Morcant!' Safodd Brân o'i flaen a chwifio
ffon dan ei drwyn. 'Alli di ddangos i ni sut mae
Rhufeiniaid yn ymladd?' gofynnodd.

'Gallaf.' Gwenodd Morcant. Y tu ôl i Brân safai criw o
blant, pob un â ffon yn ei law. Doedd dim sôn am
Alauna, chwaith.

'Nawr?' gofynnodd y plant, gan godi'u ffyn ac esgus
ymladd.

'Hei! Gan bwyll!' Brasgamodd Cynbel tuag atyn nhw
â'i freichiau ar led. 'Mae Morcant yn mynd i adrodd ei
hanes yn dwyn yr eryr. Wedyn ry'n ni'n mynd i gael
gwledd. Ac wedyn fe gewch chi ymladd. Falle!' Hysiodd y

plant i ffwrdd fel defaid, a chan wincian ar Morcant, cydiodd yn ei fraich a'i arwain at yr eryr aur. O dan big yr eryr roedd styllod yn orlawn o fwyd. 'Eistedd fan'na,' meddai Cynbel, gan bwyntio at foncyff yn ymyl.

Erbyn i Morcant gymryd ei le, roedd y pentrefwyr wedi dylifo o bob cwr. Eisteddodd pawb o'i flaen a syllu'n eiddgar ar gipiwr yr eryr aur. Roedden nhw wedi clywed y stori unwaith, ond roedden nhw'n fwy na pharod i wrando arni eto. Fuodd 'na erioed stori debyg iddi. Roedd Morcant wedi bod yn ddewr ac amyneddgar. Roedd wedi aros yn Rhufain am bedair blynedd, nes dod yn ddigon hen i ymuno â'r fyddin Rufeinig, ac aros dwy flynedd arall nes cael cyfle i hwylio i Brydain. Yna, un noson, pan oedd y gelyn yn dathlu buddugoliaeth dros y Trinobantiaïd ym mhen draw'r wlad, fe gipiodd yr eryr dan drwyn y banerwr swrth, hollti'r pen o'r polyn, a dianc mewn cert oedd yn cario'r nwyddau o'r gaer, nes cael gafael ar geffyl a charlamu tuag adre.

Sbonciai Brân a'i ffrindiau yn eu hunfan.

'Y stori!' galwodd y criw'n ddiamynedd, wrth weld Cynbel yn estyn darn o gig o Morcant.

'Y stori!' galwodd y pentrefwyr i gyd.

Llyncodd Morcant y cig yn frysiog. 'Iawn,' meddai, a sugno'i fysedd. 'Nawr ble dwi'n mynd i ddechrau?'

'Un tro,' meddai llais o'r tu ôl iddo, 'roedd 'na

fachgen bach oedd eisiau dwyn eryr aur.'

Crynodd Morcant o'i ben i'w draed. Breuddwydio oedd e, mae'n rhaid. Breuddwydio, fel ganwaith o'r blaen.

Trodd yn ara' bach, a gweld hen ŵr cloff yn syllu arno'n daer.

'Cynbel,' sibrydodd, heb dynnu'i lygaid oddi ar yr hen ŵr, 'dwedest ti fod pawb o'r hen bentre wedi mynd.'

'Mae hynny'n wir,' atebodd Cynbel yn wên o glust i glust. 'Ond aeth rhai ohonyn nhw ddim pellach na'r cwm. Fan'ny mae Silyn...'

'Silyn!' Nid breuddwyd oedd hwn. Gwaeddodd Morcant. Neidiodd ar ei draed. Taflodd ei hun at yr hen ŵr a'i wasgu yn ei freichiau nes bron â'i daflu i'r llawr. 'Silyn!' gwaeddodd. 'Silyn!'

'Gan bwyll!' meddai Silyn a dagrau'n disgleirio yn ei lygaid. 'Rwyt ti wedi tyfu, Morcant bach. Rwyt ti'n rhy gryf i fi nawr.' Camodd yn ôl, a dal Morcant hyd braich. 'Morcant y Silwriad!' meddai a gwên yn lledu dros ei wyneb. 'Fe est ti i ffwrdd yn fachgen a dod yn ôl yn ddyn. Bydd Ria...'

'Ria? Ble mae hi?' Edrychodd Morcant dros ysgwydd Silyn, a gweld wyneb bach Alauna'n gwenu arno.

'Mae Ria'n disgwyl amdanat ti yn y cwm,' meddai Silyn. 'Ry'n ni'n tri wedi bod yn disgwyl amdanat ti – fi, Ria ac Alauna.'

Gwthiodd Alauna'i phen o dan fraich Silyn. 'Dwedodd Tad-cu y byddet ti'n dod yn ôl,' meddai'n hapus. 'Mae Tad-cu'n dweud pob math o storïau amdanat ti, a nawr maen nhw'n dod yn wir.'

'Wrth gwrs eu bod nhw!' chwarddodd Silyn. 'Ac fe fydden nhw wedi dod yn wir cyn hyn, oni bai bod Morcant wedi bod mor hir yn dwyn yr eryr aur.'

'Yr eryr aur! Pach!' Plyciodd Morcant yr eryr pren o'i wregys a'i ddangos i Alauna. 'Anghofia am yr eryr aur!'meddai. 'Hwn yw eryr dy dad-cu. Hwn dwi wedi'i ddilyn ers i fi adael gwlad y Silwriaid. Hwn, nid yr eryr aur. Fe gei di e ryw ddiwrnod, pan fyddwn ni wedi gyrru'r Rhufeiniaid o'n gwlad. Er mwyn Caradog! Er mwyn pawb!'

Daeth rhu o yddfau'r Silwriaid. Estynnodd y rhyfelwyr eu tarianau, a'u curo nes bod y ddaear yn crynu a'r eryr yn fflapian yn wyllt ar ei bolyn.

Wrth i'r polyn ddisgyn i'r llawr, atseiniodd llais balch Silyn.

'Daeth Morcant ag ysbryd Caradog yn ôl i ni. Dilynwn e, bobl! Dilynwn Morcant y Silwriad. A gorchfygwn yr eryr aur!'

Nodyn Hanesyddol

Brython dewr oedd Caradog, a fu'n brwydro i amddiffyn ei wlad. Glaniodd y Rhufeiniaid ar Ynys Prydain yn OC43, ac am wyth mlynedd bu Caradog yn eu herio. Arweiniodd y Silwriaid a'r Ordoficiaid mewn brwydr fawr yn eu herbyn ar lannau'r afon Hafren tua OC51.

Yn dilyn y frwydr honno – a brad y frenhines Cartimandwa – cipiwyd Caradog mewn cadwynau i Rufain. Yno, o flaen yr ymerawdwr Clawdiws, fe wnaeth araith ryfeddol a achubodd ei fywyd.

Rydyn ni'n cofio geiriau Caradog, am fod yr hanesydd Rhufeinig, Tacitus, wedi eu cofnodi. Roedd hyd yn oed y Rhufeiniaid yn edmygu'r Brython dewr hwn.

Nofelau â blas hanes arnyn nhw

Straeon cyffrous a theimladwy wedi'u seilio ar ddigwyddiadau allweddol

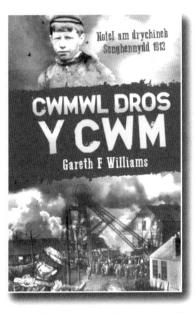

Enillydd Gwobr Tir na n-Og 2014

CWMWL DROS Y CWM
Gareth F. Williams

Nofel am drychineb Senghennydd 1913

Gwasg Carreg Gwalch
£5.99

Ychydig cyn 8.30 y bore ar 14 Hydref 1913, bu farw 439 o ddynion a bechgyn mewn ffrwydrad ofnadwy yng nglofa Senghennydd yn ne Cymru.

Dim ond wyth oed oedd John Williams pan symudodd ef a'i deulu o un o bentrefi chwareli llechi'r gogledd i ardal y pyllau glo. Edrychai ymlaen at ei ben-blwydd yn dair ar ddeg er mwyn cael dechrau gweithio dan ddaear. Ond roedd cwmwl du ar ei ffordd i Senghennydd ...

DARN BACH O BAPUR
Angharad Tomos

Nofel am frwydr teulu'r Beasleys dros y Gymraeg 1952-1960

£5.99

Rhestr fer Gwobr Tir na n-Og 2015

Y GÊM
Gareth F. Williams

Nofel am heddwch Nadolig 1914 yn ystod y Rhyfel Mawr

Gwasg Carreg Gwalch
£5.99

Enillydd Gwobr Tir na n-Og 2015

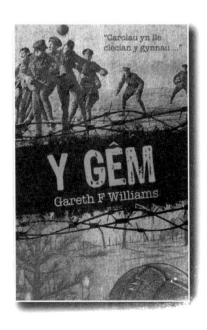

PAENT!
Angharad Tomos

*Nofel am Gymru 1969 –
Cymraeg ar arwyddion
ffyrdd a'r Arwisgo yng
Nghaernarfon*

Gwasg Carreg Gwalch
£5.99

Yn y Dre mae pawb wrthi'n peintio, ond peintio adeiladau
maen nhw ...

Mae cannoedd o bunnoedd wedi ei wario ar baent. Paent
gwahanol sy'n llenwi byd Robat ac yn newid ei fywyd mewn
tri mis. Ond o ble mae'r paent yn dod, a phwy sy'n peintio?
1969 ydi hi, blwyddyn anghyffredin iawn ...

*Rhestr fer Gwobr
Tir na n-Og 2016*

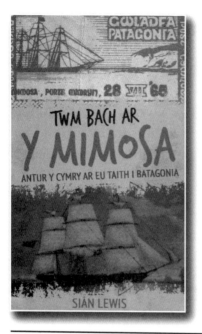

Twm Bach ar y Mimosa
Siân Lewis

Nofel am antur y Cymry ar eu taith i Batagonia yn 1865

Gwasg Carreg Gwalch

£5.99

YR ARGAE HAEARN
Myrddin ap Dafydd

Dewrder teulu yng Nghwm Gwendraeth Fach wrth frwydro i achub y cwm rhag cael ei foddi

£5.99

Rhestr fer Gwobr Tir na n-Og 2017

MAE'R LLEUAD YN GOCH
Myrddin ap Dafydd

*Tân yn yr Ysgol Fomio yn
Llŷn a bomiau'n disgyn
ar ddinas Gernika yng
ngwlad y Basg – mae un
teulu yng nghanol y cyfan*

£5.99

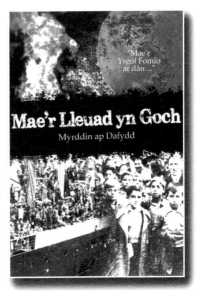

PREN A CHANSEN
Myrddin ap Dafydd

*Mae Bob yn dechrau yn Ysgol y
Llan a hithau'n gyfnod y Welsh
Not. Beth fydd effaith y cosbi arno?
Sut y mae ef a'i deulu yn cynllunio i
drechu'r system yn y tymor hir?
A beth fydd rhan Mac, y cipar
cringoch Albanaidd, yn y stori?*

£5.99